LA MALA HORA

Gabriel Garcia Marquez est né en 1928 à Aracataca, village de Colombie. Journaliste, auteur de cinéma, il écrit un livre par pays où il séjourne. Immense succès en Amérique latine, traduit dans une quinzaine de pays, Cent Ans de solitude *lui apporte la notoriété internationale. Ses autres œuvres, notamment* L'Automne du patriarche, Chronique d'une mort annoncée (film de Francesco Rosi), La Mala H███████████████████ ra ont confirmé puissamm███████████████████████ en 1982 par le prix Nobel d█████*

Un village colombi█████████████████████████ n paix depuis que le maire █████████████████████████ Mais, un soir, les p█████████████████████████t sur quelques portes. Cel████████ ██████ █████ ██ ██mène aussitôt à tuer l'amant de sa fe█████ Durant les dix-sept jours que dure le roman, les tracts se multiplient, semant la discorde dans les familles, ravivant les haines, réveillant dans la mémoire de chacun les combines, les exactions, les crimes commis dans le passé pour s'enrichir ou se venger.

Certains croient voir dans cette opération la main de Dieu; d'autres accusent les sorcières. Le curé Angel, d'abord indifférent, demande finalement au maire de prendre des mesures d'autorité devant ce « terrorisme dans l'ordre moral ». Rien n'empêchera les tracts de proliférer. Le maire décidera de revenir à la répression. La prison se remplira de suspects, les coups de feu retentiront à nouveau. Les tracts disparaissent, mais la paix mensongère est terminée, le village est retourné à son enfer quotidien.

GABRIEL GARCIA MARQUEZ

La Mala Hora

ROMAN

TRADUIT DE L'ESPAGNOL (Colombie)
PAR CLAUDE COUFFON

GRASSET

L'édition originale de cet ouvrage a été publiée en 1966,
à Mexico, par Ediciones Era sous le titre :

LA MALA HORA

LE père Angel se redressa en faisant un effort solennel. Il se frotta les paupières avec les os de ses mains, écarta la moustiquaire de dentelle et resta assis sur la natte élimée, songeur, le temps de réaliser qu'il était vivant et de se rappeler la date et la fête du saint du jour. « Mardi, 4 octobre », pensa-t-il; et il ajouta à voix basse : « Saint François d'Assise. »

Il s'habilla sans se laver et sans prier. Grand, sanguin, il avait un air de bœuf paisible, et c'est d'ailleurs comme un bœuf qu'il se déplaçait, avec des mouvements lourds et tristes. Après avoir rajusté les boutons de sa soutane, d'une main languide et attentive de harpiste accordant son instrument, il ouvrit la porte de la cour en en faisant glisser la barre. Les nards, sous la pluie, lui rappelèrent les paroles d'une chanson.

« La mer avec mes larmes grossira », soupira-t-il.

La chambre communiquait avec l'église par un corridor intérieur bordé de pots de fleurs et pavé de carreaux disjoints entre lesquels l'herbe d'octobre commençait à croître. Avant de se diriger vers l'église, le père Angel s'arrêta au petit coin. Il urina abondamment, en évitant de respirer pour ne pas sentir la forte odeur d'ammoniaque qui lui baignait les yeux de larmes. Puis il ressortit dans le corridor et se souvint encore : « Et ma barque m'emportera jusqu'à ton rêve. » Sur le seuil de l'étroite petite porte de l'église il huma pour la dernière fois l'essence des nards.

Le temple empestait. C'était une longue nef, elle aussi pavée de carreaux disjoints, et avec une seule porte ouvrant sur la place. Le père Angel alla tout droit au pied du clocher. Il vit les poids de l'horloge à plus d'un mètre au-dessus de sa tête et pensa qu'elle était remontée pour une bonne semaine. Les moustiques le harcelèrent. D'une claque brutale, il en écrasa un sur sa nuque et essuya sa main à la corde de la cloche. Il entendit, là-haut, le bruit de viscères du mécanisme compliqué et aussitôt après – sourds, profonds – les cinq coups de cinq heures dans son ventre.

Il attendit la fin du dernier écho. Puis il attrapa la corde à deux mains, l'enroula autour de ses poignets et fit tinter le bronze fêlé avec une énergique conviction. Manier les cloches était un exercice trop violent pour ses soixante et un ans, mais il avait toujours appelé lui-même les fidèles à la messe et cet effort, moralement, le réconfortait.

Trinidad poussa la porte de la rue tandis que les cloches sonnaient et se dirigea vers le recoin où, la veille au soir, elle avait tendu des pièges à souris. Le spectacle provoqua chez elle répugnance et plaisir : c'était un vrai massacre.

Elle ouvrit le premier piège, saisit la souris par la

queue entre le pouce et l'index et la jeta dans une boîte en carton. Le père Angel finissait d'ouvrir la porte donnant sur la place.

« Bonjour, monsieur le curé », dit Trinidad.

Il n'entendit pas sa jolie voix de baryton, livré à ce sentiment d'abandon qu'il éprouvait en regardant la place désolée, les amandiers endormis sous la pluie, le village immobile dans l'aube d'octobre inconsolable. Pourtant, quand il s'habitua à la rumeur de la pluie il perçut, au fond de la place, claire et quelque peu irréelle, la clarinette de Pastor. Alors, seulement, il répondit au bonjour de Trinidad.

« Pastor n'était pas avec eux cette nuit, quand ils ont donné leur sérénade, dit-il.

– Non », confirma Trinidad. Elle s'approcha avec sa boîte de souris mortes. « C'étaient des guitaristes.

– Ils sont restés près de deux heures à chanter une chanson idiote, dit le curé. *La mer avec mes larmes grossira*. C'est bien ça?

– C'est la nouvelle chanson de Pastor. »

Immobile devant la porte, le curé subissait une irrésistible fascination. Durant des années et des années, il avait entendu la clarinette de Pastor qui, à deux rues de là, s'asseyait pour répéter, tous les jours à cinq heures du matin, son tabouret appuyé au montant de son pigeonnier. Le mécanisme du village fonctionnait avec précision : d'abord, les cinq coups de cinq heures; puis, la première cloche appelant à la messe et ensuite la clarinette de Pastor, dans la cour de sa maison, purifiant de ses notes diaphanes et articulées l'air empuanti par les pigeons.

7

« La musique est bonne, se reprit le curé. Mais les paroles sont idiotes. On peut les retourner dans tous les sens et ça revient au même. '' Et mon rêve m'emportera jusqu'à ta barque. '' »

Il fit demi-tour, en souriant de sa trouvaille, et alla allumer les bougies sur l'autel. Trinidad le suivit. Elle portait un long corsage blanc dont les manches descendaient jusqu'aux poignets et la jupe de soie bleue d'une congrégation laïque. Ses yeux étaient d'un noir intense sous l'épaisseur des sourcils.

« Ils sont restés toute la nuit à deux pas d'ici, dit le curé.

– Devant chez Margot Ramirez, dit Trinidad, distraite, en agitant les souris mortes dans leur boîte. Mais, cette nuit, il y a eu plus fort encore. »

Le curé s'arrêta et fixa sur elle son regard d'un bleu silencieux.

« Et quoi?

– Les affiches anonymes », dit Trinidad, qui éclata d'un petit rire nerveux.

Trois maisons plus loin, César Montero rêvait d'éléphants. Ceux du dimanche, au cinéma. La pluie, qui s'était abattue en trombe une demi-heure avant la fin, avait interrompu le film qui, maintenant, se poursuivait dans son sommeil.

César Montero retourna tout le poids de son corps de géant contre le mur, tandis que les indigènes épouvantés fuyaient la horde des éléphants. Sa femme le repoussa avec douceur mais ni l'un ni l'autre ne se réveillèrent. « Nous par-

8

tons », murmura-t-il en récupérant sa position première. Et alors il ouvrit les yeux. La cloche appelant à la messe sonnait pour la deuxième fois.

La chambre présentait de grands espaces, grillagés. Un rideau de cretonne à fleurs jaunes ornait la fenêtre, elle aussi grillagée, donnant sur la place. Sur la table de nuit, il y avait une radio portative, une lampe et une pendulette aux chiffres phosphorescents. Contre le mur opposé, une énorme armoire avec des glaces à chaque porte. Tandis qu'il enfilait ses bottes de cheval, César Montero entendit les premières notes de la clarinette de Pastor. La boue avait durci les lacets de cuir brut. Il les étira avec force, les faisant passer au creux de sa main fermée, plus rêche que le cuir des lacets. Puis il chercha ses éperons, mais ne les trouva pas sous le lit. Il continua de s'habiller dans la pénombre, en essayant de ne pas faire de bruit pour ne pas réveiller sa femme. Tout en boutonnant sa chemise il regarda l'heure à la pendulette et reprit sa recherche. D'abord, avec les mains. Puis à quatre pattes, en fourrageant sous le lit. Sa femme se réveilla.

« Qu'est-ce que tu fabriques ?

– Je ne trouve pas mes éperons.

– Ils sont pendus derrière l'armoire. C'est toi-même qui les a mis là samedi. »

Il écarta la moustiquaire et alluma l'électricité. Il se releva, honteux. Il était monumental, les épaules carrées, solides, mais ses mouvements étaient élastiques, malgré ses bottes dont les semelles semblaient taillées dans du bois. Il avait une santé presque insolente. On ne pouvait lui donner d'âge, encore que les craquelures de son cou révélassent qu'il avait dépassé la cinquantaine. Il s'assit sur le lit pour fixer ses éperons.

« Il pleut encore, dit-elle, en sentant que ses os adolescents avaient absorbé l'humidité de la nuit. J'ai le corps comme une éponge. »

Petite, osseuse, le nez long et pointu, elle avait cette vertu de ne paraître jamais tout à fait réveillée. Elle essaya d'apercevoir la pluie à travers le rideau. César Montero se mit debout et tapa plusieurs fois du talon contre le sol. La maison vibra sous les éperons de cuivre.

« Le tigre prend du ventre en octobre », dit-il.

Mais son épouse ne l'entendit pas, l'oreille émerveillée par la mélodie de Pastor. Quand elle tourna les yeux vers son mari, celui-ci se peignait devant l'armoire, les jambes écartées et la tête penchée car sa personne ne tenait pas en entier dans les glaces.

Elle répétait tout bas la mélodie.

« Ils ont gratté cette chanson toute la nuit, dit-il.

– Elle est vraiment jolie », murmura-t-elle.

Elle dénoua un ruban attaché au chevet du lit, ramena ses cheveux sur sa nuque et soupira, complètement réveillée : « Et dans ton rêve je resterai jusqu'à la mort. » Il ne fit pas attention à elle. D'un tiroir de l'armoire qui contenait aussi quelques bijoux, une montre de femme et un stylo, il retira un portefeuille. Il en sortit quatre billets et remit à sa place le portefeuille. Puis il glissa six cartouches dans la poche de sa chemise.

« Si la pluie continue, je ne reviendrai pas samedi », annonça-t-il.

En ouvrant la porte de la cour il s'attarda un instant sur le seuil à respirer la sombre odeur d'octobre tandis que ses yeux s'habituaient à l'obscurité. Il allait refermer la porte quand la sonnerie du réveille-matin retentit dans la chambre.

Sa femme sauta du lit. Il resta immobile, la main sur la barre, jusqu'au moment où elle interrompit la sonnerie. Alors, il la regarda pour la première fois, songeur :

« Cette nuit, j'ai rêvé d'éléphants », dit-il.

Puis il referma la porte et alla seller sa mule.

La pluie redoubla avant le troisième coup de cloche. Un vent au ras du sol arracha aux amandiers de la place leurs dernières feuilles pourries. Les lumières des rues s'éteignirent mais les maisons demeuraient closes. César Montero entra à cheval dans la cuisine et sans mettre pied à terre demanda à sa femme de lui apporter son imperméable. Il passa par-dessus l'épaule le fusil à deux coups qu'il portait en bandoulière et l'amarra à l'horizontale avec les courroies de la selle. Sa femme apparut dans la cuisine, l'imperméable dans les mains.

« Attends que la pluie cesse », lui dit-elle sans conviction.

Il mit en silence son imperméable et regarda vers la cour.

« La pluie ne cessera qu'en décembre. »

Elle le suivit des yeux jusqu'à l'autre bout du couloir. La pluie qui s'abattait sur les tôles rouillées du toit ne l'arrêtait pas. Il éperonna sa mule et dut se pencher en avant sur sa selle pour ne pas heurter de la tête le linteau de la porte en sortant de la cour. Les gouttes tombées de l'avant-toit éclatèrent comme des plombs de chasse sur ses épaules. Du portail, il cria sans se retourner :

« A samedi.

– A samedi », répondit-elle.

La seule porte ouverte sur la place était celle de l'église. César Montero leva les yeux et vit le ciel lourd et bas, à deux doigts de sa tête. Il se signa, éperonna et fit tourner sa mule plusieurs fois sur ses pattes de derrière, jusqu'au moment où l'animal cessa de glisser sur le savon du sol. C'est alors qu'il découvrit le papier collé à la porte de son domicile.

Il le lut sans descendre de cheval. L'eau l'avait délavé mais le texte, écrit au pinceau en grossières lettres d'imprimerie, restait compréhensible. César Montero obligea la mule à se plaquer contre le mur, arracha le papier et le déchira en petits morceaux.

Tirant les rênes, il fit prendre à la mule un petit trot bref et régulier, comme qui va chevaucher durant des heures. Il abandonna la place par une rue étroite et sinueuse, bordée de maisons aux murs de pisé dont les portes jetaient en s'ouvrant les cendres chaudes du sommeil. Il huma une odeur de café. Ce n'est qu'une fois passées les dernières maisons du village qu'il fit faire demi-tour à l'animal et, du même petit trot bref et régulier, regagna la place et s'arrêta devant la maison de Pastor. Là, il sauta de cheval, dégagea son fusil et attacha la mule à un poteau, sans précipitation, au rythme qu'exigeait simplement chaque action.

Aucune barre ne fermait la porte que seul un coquillage énorme bloquait au niveau du sol. César

Montero entra dans la petite salle plongée dans la pénombre. Il entendit une note aiguë à laquelle succéda un silence d'expectative. Il contourna quatre chaises rangées autour d'une table agrémentée d'un napperon de laine et, dans un carafon, de fleurs artificielles. Finalement, il s'arrêta devant la porte de la cour, rejeta en arrière le capuchon de son imperméable, déverrouilla à tâtons son fusil et d'une voix tranquille, presque aimable, appela : « Pastor! »

Pastor apparut dans l'embrasure de la porte en dévissant le bec de sa clarinette. C'était un garçon maigre et rectiligne, avec une ombre de moustache égalisée au ciseau. Quand il vit César Montero les talons en appui sur le sol de terre et le fusil à la hauteur du ceinturon braqué sur lui, Pastor ouvrit la bouche mais ne parla pas. Il devint pâle et sourit. César Montero pressa plus fort les talons contre le sol, bloqua la crosse avec le coude contre la hanche, serra les dents et appuya sur la détente. La maison trembla sous le coup de feu, mais César Montero ne sut pas si ce fut avant ou après celui-ci qu'il vit Pastor de l'autre côté de la porte, se traînant avec une ondulation de ver de terre sur une coulée de minuscules plumes ensanglantées.

Le maire commençait à s'endormir au moment où la détonation retentit. Il avait passé trois nuits sans fermer l'œil, tourmenté par le mal de dents. Ce matin-là, alors que l'église lançait son premier appel, il avait pris son huitième calmant. Et la douleur avait cédé. Le crépitement de la pluie sur le toit de zinc l'avait aidé à s'endormir, mais sa dent continuait de palpiter tandis qu'il dormait. Quand il entendit le coup de feu, il se réveilla en sursaut et saisit sa cartouchière et son revolver, qu'il laissait toujours sur une chaise près du hamac, à portée de sa main gauche. Ne surprenant que le bruit de la pluie, il crut qu'il s'agissait d'un cauchemar et sentit la douleur le relancer.

Il avait de la fièvre et la glace dans laquelle il se regarda lui révéla que sa joue était en train d'enfler. Il ouvrit une boîte de vaseline mentholée et en enduisit la partie endolorie, tendue sous la barbe. Soudain, il perçut, à travers la pluie, une rumeur de voix lointaines et alla jusqu'au balcon. Les habitants de la rue, quelques-uns en tenue de nuit, couraient vers la place. Un garçon se retourna, leva les bras et lui cria sans s'arrêter :

« C'est César Montero qui a tué Pastor. »

Sur la place, César Montero tournait sur lui-même et menaçait la foule de son fusil. Le maire eut du mal à le reconnaître. De la main gauche il dégaina son revolver et se mit à avancer vers le centre de la place. Les gens s'écartèrent. Un policier sortit de la salle de billard et braqua son fusil chargé sur César Montero. « Ne tire pas, animal », lui dit le maire à voix basse. Il rengaina son revolver, s'empara du fusil du policier et reprit sa marche, l'arme toujours prête à tirer. La foule s'entassa contre les murs.

« César Montero, cria le maire. Donne-moi ce fusil. »

César Montero n'avait pas encore vu le maire. D'un bond, il se retourna. Le maire mit le doigt sur la détente mais n'appuya pas.

« Viens le chercher », cria César Montero.

Le maire tenait le fusil de la main gauche et de la main droite essuyait ses paupières. Il calculait chacun de ses pas, le doigt toujours sur la détente et les yeux rivés sur César Montero. Brusquement, il s'arrêta et prit pour parler une voix affectueuse :

« Allons, César, jette ton fusil. Cesse tes conneries. »

César Montero recula. Le maire avança sans lâcher la détente. Aucun muscle de son corps ne bougea, jusqu'au moment où César Montero baissa son arme et la laissa choir. Alors, le maire se rendit compte qu'il ne portait sur lui qu'un pantalon de pyjama, qu'il ruisselait de sueur sous la pluie et que sa dent avait cessé de lui faire mal.

Les maisons s'ouvrirent. Deux policiers armés coururent vers le centre de la place. La foule se précipita sur leurs talons. Les policiers firent un demi-tour brutal et crièrent derrière leurs fusils : « Arrière ! »

Le maire ordonna d'une voix tranquille, sans regarder personne : « Dégagez la place ! »

La foule se dispersa. Le maire fouilla César Montero mais ne l'obligea pas à ôter son imperméable. Il trouva quatre cartouches dans la poche de la chemise et un couteau à manche de corne dans la poche arrière du pantalon. Il découvrit dans une autre poche un agenda, un anneau avec trois clefs et quatre billets de cent pesos. César Montero se laissa fouiller, impassible, les bras écartés, en remuant à peine le corps pour faciliter l'opération. Son travail terminé, le maire appela les deux policiers, leur remit les objets et leur confia César Montero.

« Emmenez-le dans mon service à la caserne, ordonna-t-il. Et attention! Vous en êtes responsables! »

César Montero enleva son imperméable. Il le tendit à l'un des policiers et marcha encadré par eux, indifférent à la pluie et à la perplexité des gens rassemblés sur la place. Le maire le regarda s'éloigner, songeur. Puis il se tourna vers la foule, fit un geste comme pour effrayer les poules et cria : « Dégagez! »

De son bras nu il s'épongea la tête, traversa la place et entra chez Pastor.

Effondrée sur une chaise, la mère du mort était entourée de femmes qui l'éventaient avec une diligence impitoyable. Le maire écarta l'une d'elles. « Donnez-lui de l'air », dit-il. La femme se tourna vers lui :

« Elle venait de sortir. Elle allait à la messe.

– Très bien, dit le maire. Mais maintenant laissez-la respirer. »

Pastor gisait dans le corridor, à plat ventre auprès du pigeonnier, sur un lit de plumes ensanglantées. Il y avait une forte odeur de fiente de pigeons. Des hommes attroupés essayaient de soulever le corps quand le maire apparut sur le seuil.

« Dégagez », dit-il.

Les hommes replacèrent le cadavre sur les plumes, dans la position où ils l'avaient trouvé, et reculèrent en silence. Après avoir examiné le corps, le maire le retourna. Des plumes minuscules s'envolèrent en tous sens. A la hauteur du ceinturon, d'autres plumes étaient collées au sang encore tiède et vivant. Il les écarta avec les mains. La chemise était déchirée et la boucle du ceinturon cassée. Sous la chemise il vit le ventre ouvert. La blessure ne saignait plus.

« Il s'est servi d'un pétard à tuer les fauves! » dit un des hommes.

Le maire se redressa. Il frotta ses mains à l'un des montants du pigeonnier pour les débarrasser des plumes sanglantes, sans quitter des yeux le cadavre. Puis il les essuya sur son pantalon de pyjama et dit au groupe :

« N'y touchez pas.

– Vous allez le laisser comme ça, étendu là? dit un des hommes.

– Il faut d'abord faire un constat pour délivrer le permis d'inhumer », dit le maire.

Dans la maison commençaient à s'élever les pleurs des femmes. Le maire se fraya un passage à travers les cris et les odeurs suffocantes qui raréfiaient l'air de la chambre. Sur le seuil, il rencontra le père Angel.

« Il est mort? s'écria le curé, perplexe.

– Saigné comme un porc », répondit le maire.

Les maisons étaient maintenant ouvertes autour de la place. Il ne pleuvait plus mais le ciel bouché flottait au-dessus des toits, sans un entrebâillement pour le soleil. Le père Angel retint le maire par le bras :

« César Montero est un brave homme. Il a dû agir dans un moment d'exaspération.

– Je sais, dit le maire, impatient. Ne vous faites pas de souci, mon père. Il ne va rien lui arriver. Entrez, car c'est ici qu'on a besoin de vous. »

Il s'éloigna avec une certaine agressivité et ordonna aux policiers de lever la surveillance. La foule, jusqu'alors tenue à distance, se précipita vers la maison de Pastor. Le maire entra dans la salle de billard, où un policier l'attendait avec des vêtements propres : son uniforme de lieutenant.

L'établissement, en temps normal, n'était pas encore ouvert. Ce jour-là, avant sept heures, il était plein à craquer. Par quatre, autour des tables, ou appuyés au comptoir, les hommes buvaient du café. La plupart étaient restés en pyjama et en pantoufles.

Le maire se déshabilla sous les yeux de tous, s'essuya comme il put avec sa culotte de pyjama et commença à se rhabiller en silence, à l'écoute des commentaires. Quand il quitta la salle, il était au courant de tous les détails de l'accident.

« Je vous préviens! cria-t-il, de la porte. Celui qui me fout la merde dans le village, je l'envoie croupir en taule! »

Il descendit la rue pavée, sans saluer personne mais en constatant la surexcitation du village. C'était un homme jeune, aux gestes aisés, dont chaque pas révélait l'intention d'en imposer à tous.

A sept heures, les vedettes qui, trois fois par semaine, assuraient le trafic des marchandises et des passagers, firent entendre leur sirène en quittant le quai au milieu de l'indifférence générale, ce qui était peu habituel. Le maire emprunta les arcades où les commerçants syriens commençaient à étaler leurs marchandises bariolées. Le docteur Octavio Giraldo, un médecin sans âge aux cheveux brillants et bouclés, regardait descendre les bateaux du seuil de son cabinet de consultation. Lui aussi avait gardé son pyjama et ses pantoufles.

« Docteur, dit le maire. Habillez-vous. Nous allons là-bas faire l'autopsie. »

Le médecin l'observa, intrigué. Il découvrit une longue rangée de dents blanches et solides. « Ah! ah! Maintenant, nous faisons des autopsies! », dit-il. Et il ajouta : « Evidemment, c'est un grand progrès. »

Le maire voulut sourire mais la sensibilité de sa joue l'en empêcha. Il se couvrit la bouche avec la main.

« Qu'est-ce qui vous arrive ? demanda le médecin.

– Une putain de dent. »

Le docteur Giraldo semblait disposé à bavarder mais le maire était pressé.

A l'extrémité du quai, il frappa à la porte d'une maison de bambous dont le toit de palmes sèches descendait presque au ras des eaux. Une femme à la peau verdâtre, enceinte de sept mois et qui marchait nu-pieds, vint lui ouvrir. Le maire l'écarta et entra dans la salle ombreuse :

« Holà! la justice! » appela-t-il.

Le juge Arcadio apparut par la porte intérieure en traînant ses galoches. Il portait un pantalon de coutil, sans ceinture, attaché au-dessous du nombril, et allait torse nu.

« Préparez-vous pour le constat et le permis d'inhumer », dit le maire.

Le juge Arcadio laissa échapper un sifflement de perplexité.

« Et d'où sortez-vous cette nouvelle foutaise ? »

Le maire continua tout droit vers la chambre. « Cette fois, c'est différent, dit-il, en ouvrant la fenêtre pour purifier l'air chargé de sommeil. Il faut que les choses soient bien faites. » Il essuya la poussière de ses mains sur son pantalon bien repassé et demanda, sans sarcasme aucun :

« Vous savez comment on fait un constat ?

– Je suppose », dit le juge.

Le maire regarda ses mains devant la fenêtre. « Dites à votre secrétaire de nous accompagner pour les écritures », poursuivit-il, toujours sans intention particulière. Puis il se tourna vers la femme en ouvrant grand les paumes de ses mains. On y voyait des traces de sang.

« Où puis-je me laver ?

– Dans le bac », dit-elle.

Le maire sortit dans la cour. La femme chercha dans la malle une serviette propre dont elle enveloppa un savon parfumé.

Mais déjà le maire revenait dans la chambre en agitant les mains.

« Je vous apportais du savon, dit-elle.

– C'est bien comme ça », dit le maire qui examina à nouveau les paumes de ses mains. Il prit la serviette et s'essuya, pensif, en regardant le juge Arcadio.

« Il était couvert de plumes de pigeons », dit-il.

Assis sur le lit, buvant à lentes gorgées une tasse de café noir, il attendit que le juge eût fini de s'habiller. La femme les suivit à travers la pièce.

« Tant que vous ne ferez pas arracher cette dent, votre chique ne désenflera pas », dit-elle au maire.

Celui-ci poussa le juge Arcadio vers la rue, se retourna pour la regarder et toucha de l'index le ventre gonflé :

« Et toi, ta chique, quand la désenfles-tu?

– Bientôt. On s'en occupe », dit-elle.

Le père Angel ne fit pas son habituelle promenade vespérale. Après l'enterrement, il s'arrêta à bavarder dans une maison des quartiers bas, où il resta jusqu'au soir tombant. D'ordinaire, les pluies prolongées faisaient naître chez lui des douleurs dans les vertèbres mais, ce jour-là, il se sentait bien. Quand il rentra, les rues du village étaient déjà éclairées.

Trinidad arrosa les fleurs du corridor. Le prêtre lui demanda où elle avait mis les hosties non consacrées et elle lui répondit qu'elle les avait déposées sur le maître-autel. Un nuage de moustiques l'environna quand il alluma dans sa chambre. Avant de refermer la porte, il répandit des jets rageurs d'insecticide dont l'odeur le fit éternuer. L'opération terminée, il était en sueur. Il remplaça sa soutane noire par une aube raccommodée qu'il revêtait en privé et alla sonner l'angélus.

De retour dans sa chambre il mit sur le feu une poêle dans laquelle il fit frire un morceau de viande, tandis qu'il coupait en rondelles un oignon. Il déposa le tout dans une assiette qui contenait du manioc bouilli et un peu de riz froid, restes du déjeuner. Transportant l'assiette, il se mit à table.

Il mangea de tout à la fois, coupant de petits morceaux de chaque chose et les entassant avec son couteau sur la fourchette. Il mâchait lentement, triturant de ses dents aux couronnes d'argent jusqu'au moindre grain, mais toujours sans desserrer les lèvres. Entre deux bouchées, la fourchette et le couteau posés au bord de l'assiette, il examinait la pièce d'un regard attentif et pleinement conscient. Devant lui, se dressait l'armoire avec les volumes énormes des archives paroissiales. Dans un coin, il y avait un rocking-chair d'osier au dossier très haut avec un coussin cousu à l'endroit où il posait sa tête et, derrière le rocking-chair, un paravent auquel était accroché un crucifix, près d'un calendrier vantant les mérites d'un sirop contre la toux. De l'autre côté du paravent s'ouvrait l'alcôve.

Son repas terminé, le père Angel sentit qu'il étouffait. Il retira du papier qui l'enveloppait une tablette de pâte de goyave, se versa un plein verre d'eau et dégusta la friandise en regardant le calendrier. De temps en temps, il avalait une gorgée d'eau sans quitter des yeux le calendrier. Finalement, il éructa et s'essuya les lèvres d'un revers de manche. Durant dix-neuf ans il avait mangé de cette manière, seul dans son bureau, en répétant chaque mouvement avec une précision scrupuleuse. Jamais, il n'avait eu honte de sa solitude.

Après le rosaire, Trinidad lui demanda de l'argent pour acheter de l'arsenic. Le curé refusa pour la troisième fois, alléguant que les pièges suffisaient. Trinidad insista :

« Vous savez bien que les souris les plus petites emportent le fromage et ne se laissent pas prendre. C'est pourquoi il faut empoisonner le fromage. »

Le prêtre admit que Trinidad avait raison. Mais il n'eut pas le temps de le lui dire car la paix tranquille de l'église fut brusquement brisée par le charivari du haut-parleur du cinéma situé sur le trottoir d'en face. Cela commença par un ronflement sourd. Puis on entendit le raclement de l'aiguille sur le disque et aussitôt après une trompette stridente lança les premières notes d'un mambo.

« Une séance aujourd'hui? » demanda le curé.

Trinidad dit que oui.

« Et tu sais quel film?

« *Tarzan et la déesse verte*, dit Trinidad. Celui que la pluie a interrompu dimanche. Un film pour tous. »

Le père Angel bondit au pied du clocher et sonna douze coups espacés. Trinidad n'en croyait pas ses oreilles.

« Vous vous êtes trompé, monsieur le curé, dit-elle en agitant les mains, un éclair de désarroi dans les yeux. C'est un film pour tous. Souvenezvous, dimanche, vous n'avez pas sonné du tout.

– Mais c'est une injure pour le village », dit le curé en épongeant la sueur de son cou. Et il répéta en suffoquant : « Une injure pour le village. »

Trinidad comprit.

« Il faut avoir vu l'enterrement! dit le curé. Tous les hommes se battaient pour porter le cercueil. »

Il congédia la fille, ferma la porte donnant sur la place déserte et éteignit les lumières de l'église. Dans le corridor, en regagnant sa chambre, il se frappa le front en se souvenant qu'il avait oublié de remettre à Trinidad l'argent pour l'arsenic. Pourtant, le temps de faire quelques pas, il avait de nouveau oublié l'affaire.

Peu après, assis à sa table de travail, il se préparait à terminer une lettre commencée le soir précédent. Il avait déboutonné sa soutane jusqu'à hauteur de l'estomac et placé devant lui le bloc de papier, l'encrier et le buvard, tout en fouillant dans ses poches pour y chercher ses lunettes. Il se rappela alors qu'il les avait laissées dans la soutane qu'il portait à l'enterrement et se leva pour les en retirer. Il avait relu ce qu'il avait écrit la veille et amorcé un nouveau paragraphe quand on frappa trois coups à la porte.

« Entrez. »

C'était le directeur du cinéma. Petit, pâle, rasé de près, une expression de fatalité sur le visage. Il était vêtu de lin blanc, immaculé, et portait des chaussures à l'italienne. Le père Angel lui désigna d'un geste le rocking-chair d'osier mais l'homme sortit un mouchoir de la poche de son pantalon, le déplia soigneusement, épousseta le tabouret et s'y assit, jambes écartées. Le père Angel vit que ce n'était pas un revolver mais une lampe de poche qu'il portait à la ceinture.

« Je vous écoute, dit le curé.

– Monsieur le curé, dit le directeur d'une voix faible, pardonnez-moi de me mêler de vos affaires, mais ce soir vous avez dû commettre une erreur. »

Le curé approuva d'un hochement de tête et attendit.

« *Tarzan et la déesse verte* est un film pour tous, poursuivit le directeur. Vous l'avez vous-même reconnu dimanche. »

Le curé essaya de l'interrompre mais le directeur leva une main pour signifier qu'il n'avait pas terminé :

« J'ai accepté que vous jugiez les films avec vos cloches car je ne nie pas qu'il en existe d'immoraux. Mais celui-ci n'a vraiment rien de particulier.

Nous pensions même le projeter samedi pour les enfants. »

Le père Angel admit alors que le film n'avait, en effet, aucune qualification spéciale sur la liste de l'office catholique du cinéma qu'il recevait tous les mois par la poste.

« Mais, continua-t-il, projeter quoi que ce soit le jour où il y a un mort, c'est manquer de respect au village. Et cela aussi est immoral. »

Le directeur le regarda.

« L'année dernière la police a tué quelqu'un à l'intérieur du cinéma et la séance a repris à peine le mort hors de la salle, s'écria-t-il.

— Maintenant, c'est différent, dit le curé. Le maire a changé d'avis.

— Quand il y aura de nouvelles élections, la tuerie recommencera, répliqua le directeur, exaspéré. C'est toujours pareil, depuis que ce village existe.

— Nous verrons bien », dit le curé.

Le directeur l'examina d'un œil contrarié. Quand il reprit la parole, en agitant sa chemise pour ventiler sa poitrine, sa voix avait un arrière-goût de supplication.

« C'est le troisième film pour tous qui nous arrive cette année, dit-il. Dimanche, trois bobines n'ont pas été projetées à cause de la pluie et beaucoup de gens aimeraient savoir comment ça finit.

— J'ai sonné. Alors, tant pis », dit le curé.

Le directeur poussa un soupir de désespoir. Il attendit, en regardant le prêtre bien en face, mais en réalité en ne pensant qu'à la chaleur torride de l'endroit.

« C'est votre dernier mot ? »

Le père Angel fit oui de la tête.

Le directeur frappa doucement de ses deux mains sur ses genoux et se leva.

« Bon, dit-il. Puisque c'est comme ça. »

Il replia son mouchoir, essuya la sueur de son cou et jeta autour de lui un regard amer et sans complaisance.

« C'est un enfer », dit-il.

Le prêtre l'accompagna jusqu'à la porte. Il passa la barre et alla s'asseoir pour finir sa lettre. Après l'avoir relue depuis le début, il acheva le paragraphe interrompu et s'arrêta pour réfléchir. Au même moment, la musique du haut-parleur cessa et une voix neutre s'éleva : « Nous informons notre aimable clientèle que notre soirée d'aujourd'hui est annulée, notre établissement ayant à cœur de s'associer au deuil de notre village. » Le père Angel, en souriant, reconnut la voix du directeur.

La chaleur redoubla. Le curé continua d'écrire, en faisant de courtes pauses pour éponger sa sueur et se relire. Il avait rempli deux pages. Il venait de signer quand soudain la pluie s'abattit en trombe. Une vapeur de terre humide entra dans la pièce. Le père Angel rédigea l'adresse, reboucha l'encrier et se prépara à plier la lettre. Mais, ayant relu le dernier paragraphe, il redéboucha l'encrier et ajouta ce post-scriptum : *La pluie recommence. Avec l'hiver et ce que je viens de vous raconter, je crois que des jours pénibles nous attendent.*

VENDREDI se montra, dès l'aube, tiède et sec. Le juge Arcadio, qui se glorifiait d'avoir fait l'amour trois fois par nuit depuis la nuit où il l'avait fait pour la première fois, défonça ce matin-là la moustiquaire et alla rouler sur le sol avec sa compagne, l'un et l'autre empêtrés dans le voile de dentelle, au moment suprême.

« Laisse, murmura-t-elle. J'arrangerai cela après. »

Ils surgirent complètement nus d'entre les nébuleuses confuses de la moustiquaire. Le juge Arcadio alla jusqu'à la malle chercher un caleçon propre. Quand il revint, sa compagne était habillée et rependait la moustiquaire. Il passa sans la regarder et s'assit de l'autre côté du lit pour mettre ses chaussures, la respiration encore altérée par l'accouplement. Elle le poursuivit. Elle appuya son ventre rond et tendu contre son bras et chercha son oreille avec les dents. Il l'écarta sans brusquerie.

« Allons, du calme », dit-il.

Elle éclata d'un rire plein de santé. Elle suivit

son mari jusqu'à l'autre bout de la chambre, lui taquinant les reins de son index. « Hue, cocotte! » criait-elle. Il fit un bond et repoussa ses mains. Elle le laissa en paix et se remit à rire, mais soudain devint sérieuse :

« Doux Jésus! s'écria-t-elle.

– Qu'est-ce qu'il y a? demanda-t-il.

– La porte. Elle était restée grande ouverte! Oh! la! la! Quel scandale! »

Elle entra aux toilettes en s'esclaffant.

Le juge Arcadio n'attendit pas son café. Ragaillardi par la menthe de la pâte dentifrice, il sortit dans la rue. Il y avait un soleil de cuivre. Les Syriens, assis sur le seuil de leurs boutiques, contemplaient le fleuve paisible. En passant devant le cabinet de consultation du docteur Giraldo, il gratta de l'ongle le grillage métallique de la porte et cria sans s'arrêter :

« Docteur, quel est le meilleur remède contre le mal de tête?

– Ne pas s'être soûlé la veille. »

Sur le quai, des femmes commentaient à voix haute le texte d'une nouvelle affiche anonyme apposée durant la nuit. Comme le jour s'était levé clair et sans pluie, celles qui se rendaient à la messe de cinq heures l'avaient lue et maintenant tout le village était au courant. Le juge Arcadio ne s'arrêta pas. Il avait l'impression d'être un bœuf qu'on tirait par une nasière vers la salle de billard. Une fois arrivé, il commanda une bière glacée et un calmant. Il n'était que neuf heures mais l'établissement était déjà plein.

« Tout le village a la tête lourde », dit le juge Arcadio.

28

Il se transporta avec sa bouteille jusqu'à une table où trois hommes paraissaient méditer devant leur verre de bière. Il s'assit à la place restée libre.

« Alors, le cirque continue? demanda-t-il.

— Ce matin, on en a trouvé quatre.

— Une que tout le monde a lue, dit un des hommes, c'est celle de Raquel Contreras. »

Le juge Arcadio mâchonna son calmant et remplit son verre de bière. La première gorgée le fit grimacer, mais bientôt son estomac se ressaisit et il se sentit à nouveau frais et sans passé.

« Et qu'est-ce qu'elle disait?

— Des conneries, dit l'homme. Que les voyages que Raquel Contreras a faits cette année pour se chapeauter les dents, comme elle dit, c'était en fait pour avorter.

— Je ne vois pas l'intérêt de coller une affiche pour ça, dit le juge Arcadio. Tout le monde le sait. »

Le soleil avait beau lui brûler le fond des yeux quand il abandonna l'établissement, le juge n'éprouvait plus ce malaise confus qui avait été le sien à l'aube. Il alla directement à la justice de paix. Son secrétaire, un vieillard décharné qui plumait une poule, le reçut par-dessus l'armature de ses lunettes avec un regard d'incrédulité.

« Et ce miracle?

— Il va falloir mettre cette merde en branle », dit le juge.

Le secrétaire sortit dans la cour en traînant ses pantoufles et tendit par-dessus la clôture la poule à demi plumée à la cuisinière de l'hôtel. Onze mois après avoir pris possession de sa charge, le juge

Arcadio s'installa pour la première fois à sa table de travail.

Le bureau délabré était divisé en deux sections par une grille de bois. De l'autre côté de la grille, il y avait un banc, lui aussi de bois, sous un tableau où la justice, les yeux bandés, tenait à la main une balance. Le mobilier intérieur se limitait à deux vieux pupitres qui se faisaient face, une étagère avec des livres poussiéreux et une machine à écrire. Au mur, un crucifix en cuivre surmontait l'écritoire du juge. Sur le mur opposé, une lithographie dans un cadre représentait un homme souriant, gras et chauve, la poitrine barrée de l'écharpe présidentielle; une légende en lettres d'or disait au-dessous : PAIX ET JUSTICE. Ce portrait était le seul élément nouveau du bureau.

Le secrétaire enfouit son nez dans son mouchoir et se mit à secouer avec un plumeau la poussière des pupitres. « Bouchez-vous les narines ou vous allez attraper un rhume », dit-il. Son conseil ne fut pas suivi. Le juge Arcadio se renversa dans le fauteuil tournant et allongea les jambes pour tester les ressorts.

« Impossible de tomber ? » demanda-t-il.

Le secrétaire fit non de la tête. « Lorsqu'ils ont tué le juge Vitela, dit-il, les ressorts ont sauté. Mais on l'a réparé. » Sans enlever son mouchoir protecteur, il ajouta :

« C'est le maire en personne qui s'en est chargé quand le gouvernement a changé et que les enquêteurs des services spéciaux ont commencé à sortir de partout.

– Le maire tient beaucoup à ce que le bureau fonctionne », dit le juge.

Il ouvrit le tiroir central, sortit un trousseau de clefs et, l'un après l'autre, actionna chacun des tiroirs. Ils étaient remplis de papiers. Il les parcourut d'un œil distrait, les soulevant de son index pour s'assurer que rien n'était digne d'attirer son attention, après quoi il reverrouilla le tout et agença le matériel : un encrier de cristal avec un godet rouge et un godet bleu, et une plume de la même couleur pour chacun d'eux. L'encre, elle, avait séché.

« Le maire vous a à la bonne », dit le secrétaire.

Tout en se balançant dans son fauteuil, le juge le poursuivit d'un regard noir tandis qu'il nettoyait la tablette du guichet. Le secrétaire le regarda comme si son intention était de ne plus jamais l'oublier sous cet éclairage, en cet instant et dans cette attitude, et il dit en pointant vers lui son index :

« Tel que vous êtes maintenant, oui, exactement comme ça se tenait le juge Vitela quand les balles l'ont déchiqueté. »

Le juge se palpa les tempes à l'endroit où ses veines étaient apparentes. Sa migraine renaissait.

« J'étais là », continua le secrétaire, avec un geste vague vers la machine à écrire. Il passa de l'autre côté de la grille et, sans interrompre son récit, s'appuya contre la tablette avec son plumeau braqué comme un fusil sur le juge Arcadio. On aurait dit un bandit attaquant une malle-poste dans un western.

« Les trois policiers se sont mis comme ça, dit-il. Le juge Vitela n'a pu que les entrevoir et il a levé les bras, puis il a dit en détachant ses mots : " Ne me tuez pas. '' Mais aussitôt le fauteuil a volé d'un côté et lui de l'autre, le corps troué comme une passoire. »

Le juge Arcadio emprisonna son crâne entre ses doigts. Il sentait battre son cerveau. Le secrétaire libéra son nez et alla suspendre le plumeau derrière la porte. « Et tout cela parce qu'il avait dit un jour de bringue qu'il était là pour garantir la bonne marche des élections », ajouta-t-il. Il s'arrêta net : le juge Arcadio, incliné sur son bureau, cramponnait ses deux mains à son estomac.

« Ça ne va pas? »

Le juge dit que non. Il lui parla des libations de la veille et lui demanda d'aller jusqu'au billard et de lui rapporter un calmant et deux bières glacées. La première bière une fois bue, toute velléité de repentir abandonna le juge Arcadio. Il avait retrouvé sa lucidité.

Le secrétaire s'assit devant la machine à écrire.

« Et maintenant, que faisons-nous? demanda-t-il.

— Rien, dit le juge.

— Alors, si vous le permettez, je vais retrouver Maria pour l'aider à plumer les poules. »

Le juge s'y opposa. « Ce bureau est fait pour rendre la justice et non pour plumer les poules », dit-il. Il examina son subalterne des pieds à la tête, l'air attristé, et ajouta :

« Et puis vous allez me balancer ces pantoufles et mettre des souliers pour venir travailler. »

A la fin de la matinée, la chaleur se fit plus intense. Quand midi sonna, le juge Arcadio avait éclusé une douzaine de bières. Il naviguait en pleins souvenirs. Avec une somnolente avidité, il

parlait d'un passé sans privations, des longs dimanches au bord de la mer en compagnie de mulâtres-
ses insatiables qui faisaient l'amour debout sous les
porches, derrière les portails des maisons. « La vie,
c'était chouette », disait-il en faisant claquer son
pouce contre son index, devant le secrétaire calme
et stupéfait qui l'écoutait sans parler, en approu-
vant de la tête. Le juge Arcadio se sentait plutôt
ramolli mais les souvenirs le ravigotaient quelque
peu chaque fois.

Quand une heure sonna à l'église, le secrétaire
donna des signes d'impatience.

« La soupe va refroidir », dit-il.

Le juge ne lui permit pas de se lever. « On n'a
pas toujours, comme moi, la chance de rencontrer
dans ces villages un homme de qualité », dit-il. Le
secrétaire le remercia, accablé par la chaleur, et
changea de position. C'était un vendredi interminable. Sous les tôles brûlantes du toit, les deux
hommes bavardèrent encore durant une demi-
heure tandis que le village mijotait dans le bouillon
de la sieste. Au comble de l'épuisement, le secrétaire fit alors allusion aux affiches anonymes. Le
juge Arcadio haussa les épaules.

« Toi aussi tu te laisses avoir par cette couillonnade », dit-il, en le tutoyant pour la première
fois.

Le secrétaire, suffoquant et mort de faim, n'avait
aucun désir de poursuivre la conversation, mais il
ne croyait pas que les affiches anonymes fussent
une couillonnade. « Elles ont déjà fait un mort »,
dit-il. Si les choses continuent ainsi, de bien mauvais jours nous attendent. » Et il raconta l'histoire
d'un village que des affiches anonymes, en une

semaine, avaient rayé de la carte. Ses habitants avaient fini par s'entre-tuer. Les survivants avaient déterré les os de leurs morts et les avaient emportés pour être sûrs de ne jamais revenir.

Le juge l'écouta d'un air moqueur, en déboutonnant lentement sa chemise. Il pensa que son secrétaire aimait les récits d'épouvante.

« C'est un thème banal de roman policier », dit-il.

Le subalterne hocha la tête. Le juge Arcadio raconta qu'étant étudiant à l'Université il avait appartenu à un cercle qui se consacrait à résoudre des énigmes policières. Chaque membre lisait une histoire mystérieuse jusqu'à un moment crucial et le samedi on se réunissait pour déchiffrer l'énigme. « Je n'ai manqué aucune séance, dit-il. Naturellement, j'étais favorisé par ma connaissance des classiques, qui avaient découvert une logique de la vie capable de pénétrer n'importe quel mystère. » Il posa une énigme : un homme se présente dans un hôtel à deux heures du soir, remplit sa fiche, se couche et, le lendemain matin, la femme de chambre qui lui apporte son café le découvre mort et décomposé dans son lit. L'autopsie révèle que l'hôte arrivé la veille au soir est mort depuis huit jours.

Le secrétaire se leva dans un long craquement d'articulations.

« Vous voulez dire que lorsqu'il est arrivé à l'hôtel cela faisait sept jours qu'il était mort? dit-il.

— Le conte a été écrit voilà douze ans, précisa le juge Arcadio sans se soucier de l'interruption. Mais la solution avait été donnée par Héraclite, cinq siècles avant Jésus-Christ. »

Il se préparait à la révéler, mais le secrétaire était exaspéré. « Jamais, depuis que le monde est monde, un auteur d'affiches anonymes ne s'est fait pincer », déclara-t-il avec une nerveuse agressivité. Le juge Arcadio le regarda, l'œil de travers.

« Je te parie que, moi, je le découvre, dit-il.

– C'est bon, nous parions. »

Rébecca Asis étouffait dans la chambre surchauffée de la maison d'en face, la tête enfoncée dans l'oreiller, essayant en vain de dormir durant cette sieste impossible. Elle avait plaqué sur ses tempes des feuilles fumées.

« Roberto, dit-elle. Si tu n'ouvres pas la fenêtre, nous allons mourir de chaleur. »

Roberto Asis ouvrit la fenêtre au moment où le juge Arcadio abandonnait son bureau.

« Essaie de te reposer, dit-il suppliant, à son exubérante épouse qui gisait les bras en croix sous le baldaquin de dentelle rose, entièrement nue dans une chemise légère de nylon. Je te promets que je ne me souviens plus de rien, de rien. »

Elle soupira.

Roberto Asis, qui passait la nuit à tourner en rond dans la chambre, allumant cigarette sur cigarette sans pouvoir fermer l'œil, avait été sur le point de surprendre le poseur d'affiches. Il avait entendu devant la maison le crissement du papier et le frôlement répété des mains cherchant à l'apposer sans rides sur le mur. Mais il avait compris trop tard, alors que l'affiche était déjà collée. Quand il avait ouvert la fenêtre, la place était déserte.

Depuis cet instant et jusqu'à deux heures de l'après-midi, où il avait promis à sa femme de ne plus se souvenir de rien, de rien, elle avait épuisé toutes les formes de la persuasion pour tenter de le calmer. Finalement, elle avait fait appel à une formule désespérée : comme preuve finale de son innocence, elle lui offrait de se confesser à haute voix et en sa présence au père Angel. La seule pensée de l'humiliation avait annulé le procès. Malgré son désarroi, il n'avait pas osé faire un pas de plus et avait dû capituler.

« Il est toujours préférable de s'expliquer, dit-elle sans ouvrir les yeux. Imagine. Quelle chose horrible si tu étais resté à ruminer ta rancœur! »

Il referma la porte en sortant. Dans la grande maison plongée dans l'ombre et complètement close, il perçut le ronflement du ventilateur électrique de sa mère qui faisait la sieste dans la maison voisine. Il alla jusqu'au réfrigérateur et se versa un verre de limonade sous le regard somnolent de la cuisinière noire.

Du recoin de fraîcheur qui était le sien, la femme lui demanda s'il voulait déjeuner. Il souleva le couvercle de la marmite. Une tortue flottait pattes en l'air dans l'eau bouillante. Pour la première fois, il ne frissonna pas à l'idée que l'animal avait été jeté vivant dans la marmite et que son cœur continuerait à battre quand on le servirait en morceaux sur la table.

« Je n'ai plus faim », dit-il en recouvrant la marmite. Et il ajouta, de la porte : « Madame ne déjeunera pas non plus. Toute la matinée, elle a eu la migraine. »

Les deux maisons communiquaient par un couloir dallé de vert et d'où l'on pouvait voir le poulailler et son grillage au fond de la cour commune. Dans la partie du passage correspondant à la maison de la mère, plusieurs cages pendaient sous l'avant-toit au-dessus de nombreux pots de fleurs aux couleurs vives.

De la chaise longue où elle finissait de faire la sieste, sa fille de sept ans l'accueillit d'un salut plaintif. Elle avait encore la marque du tissu imprimé sur la joue.

« Il va être trois heures », signala-t-il d'une voix très basse. Et il ajouta, mélancoliquement : « Mais fais donc un effort pour être un peu sur terre.

– J'ai rêvé d'un chat. Un chat tout en verre », dit l'enfant.

Il ne put réprimer un léger frisson.

« Comment était-il ?

– Tout en verre, répéta la fillette qui essaya de modeler avec ses mains l'animal de son rêve. Comme un oiseau de verre, mais c'était un chat. »

Il eut l'impression de se trouver perdu, en plein soleil, dans une ville étrangère. « Oublie ça, murmura-t-il. Ça n'en vaut pas la peine. » Au même moment, il vit sa mère sur le seuil de la chambre et se sentit sauvé.

« Tu vas mieux », affirma-t-il.

La veuve Asis lui jeta un regard amer. « Je vais mieux pour mieux pester », se plaignit-elle, en ramenant en chignon son abondante chevelure couleur de fer. Elle sortit dans le couloir changer l'eau des cages.

Roberto Asis se laissa choir dans la chaise longue où avait dormi sa fille. La nuque appuyée au creux de ses mains, il suivit de ses yeux épuisés la maigre femme vêtue de noir qui conversait tout bas avec les oiseaux. Ceux-ci s'ébattaient dans l'eau fraîche, en éclaboussant de leurs ailes allègres le visage de la femme. Quand elle eut fini de nettoyer les cages, la veuve Asis enveloppa son fils dans un halo d'incertitude :

« Je te croyais parti dans la forêt.

– J'avais affaire. Je n'y suis pas allé.

– Maintenant, tu n'iras pas avant lundi. »

Il acquiesça d'un mouvement des paupières. Une servante noire traversa pieds nus la salle avec l'enfant pour la conduire à l'école. La veuve Asis resta dans le couloir jusqu'au moment où elles sortirent. Puis elle fit un signe à son fils qui la suivit dans la vaste chambre où bourdonnait le ventilateur électrique. Elle se renversa dans un vieux rocking-chair de lianes, face au ventilateur, l'air exténué. Aux murs blanchis à la chaux et dans des cadres enjolivés de fleurs de cuivre pendaient des photographies d'enfants d'autres époques. Roberto Asis s'étendit sur le lit royal où étaient morts, séniles et grincheux, quelques-uns des enfants des photographies et, en décembre, son propre père.

« Qu'est-ce qu'il y a? demanda la veuve.

– Tu crois ce que disent les gens? interrogea-t-il à son tour.

– A mon âge, il faut tout croire », répondit la veuve qui demanda avec indolence : « Qu'est-ce qu'ils racontent?

– Que Rébecca Isabelle n'est pas ma fille. »

La veuve se balança lentement. « Elle a le nez des Asis », dit-elle. Elle réfléchit et demanda, distraite : « Qui dit cela? » Roberto Asis se mordilla les ongles :

« C'était sur l'affiche anonyme. »

La veuve comprit alors que les cernes de son fils n'étaient pas le sédiment d'une longue insomnie.

« Les affiches, ça n'est pas les gens, assura-t-elle gravement.

– Mais les affiches ne disent que ce que les gens disent. Même si on ne le sait pas. »

Elle, pourtant, savait tout ce que le village avait dit de sa famille depuis des années. Dans une maison comme la sienne, pleine de servantes, de filleules et de protégées de tous les âges, il était impossible de s'enfermer même dans sa chambre sans que les rumeurs de la rue vous y poursuivent. Les turbulents Asis, fondateurs du village quand ils n'étaient que des porchers, semblaient avoir un sang succulent pour les moustiques de la médisance.

« Tout ce qu'ils disent n'est pas forcément vrai. Même si on le sait.

– Tout le monde sait que Rosario Montero couchait avec Pastor, dit-il. Il avait écrit pour elle sa dernière chanson.

– Tout le monde le disait, mais personne ne l'aurait juré, répliqua la veuve. Par contre, on sait maintenant que la chanson était pour Margo Ramirez. Ils allaient se marier et eux seuls le savaient, avec la mère de Pastor. Il aurait mieux valu pour lui qu'il ne garde pas aussi jalousement l'unique secret qu'on pouvait encore garder dans ce village. »

Roberto Asis regarda sa mère avec une dramatique vivacité. « Ce matin, j'ai cru un moment que j'allais mourir », dit-il. La veuve ne parut pas s'émouvoir.

« Les Asis sont jaloux, dit-elle. C'est la plus grande calamité de cette maison. »

Ils restèrent un long moment silencieux. Il était presque quatre heures et la chaleur se faisait moins forte. Quand Roberto Asis arrêta le ventilateur électrique, la maison se réveillait et se remplissait de voix de femmes et de flûtes d'oiseaux.

« Passe-moi le tube qui est sur la table de nuit », dit la veuve.

Elle prit deux pastilles grises et rondes comme deux perles artificielles et rendit le tube à son fils en disant : « Avales-en deux; cela t'aidera à dormir. » Ce qu'il fit, en buvant l'eau que sa mère avait laissée dans le verre, avant de renverser la tête sur l'oreiller.

La veuve soupira et garda un silence songeur. Puis, étendant selon son habitude au village entier ce qu'elle pensait de la demi-douzaine de familles de sa condition, elle dit :

« Le pire, dans ce village, c'est que les femmes doivent rester seules à la maison pendant que les hommes travaillent en forêt. »

Roberto Asis commençait à s'endormir. La veuve observa le menton mal rasé, le long nez aux cartilages anguleux, et pensa à son mari mort. Adalberto Asis avait connu lui aussi le désespoir. C'était un géant sauvage qui, une seule fois dans sa vie, s'était serré la glotte durant quinze minutes dans un col de celluloïd pour se faire tirer ce portrait qui lui survivait sur la table de nuit. On murmurait qu'il avait assassiné dans cette même chambre un homme qu'il avait trouvé couché avec sa femme et qu'il l'avait enterré clandestinement dans la cour. La vérité était différente : Adalberto Asis avait tué d'un coup de fusil un singe qu'il avait surpris en train de se masturber sur la poutre de la chambre, les yeux fixés sur son épouse tandis que celle-ci se changeait. Il était mort quarante ans plus tard sans avoir pu corriger la légende.

Le père Angel monta l'escalier abrupt aux marches disjointes. Au second étage, au fond d'un couloir avec des fusils et des cartouchières pendus au mur, un policier lisait allongé à plat ventre sur un lit de camp. Il était si absorbé par sa lecture qu'il découvrit seulement la présence du curé quand il entendit son salut. Il roula la revue et s'assit sur le lit.

« Qu'est-ce que vous lisez là ? » demanda le père Angel.

Le policier lui montra la revue :

« *Terry et les pirates.* »

Les yeux du prêtre se promenèrent successivement sur les trois cellules de ciment armé, sans fenêtres, fermées de l'extérieur par trois barres de fer. Dans la cellule centrale, un autre policier dormait en caleçon, affalé dans un hamac. Les autres cellules étaient vides. Le père Angel demanda des nouvelles de César Montero.

« Il est là, dit le policier, en montrant de la tête

une porte fermée. C'est la chambre du commandant.

– Je peux lui parler ?

– Il est au secret », dit le policier.

Le père Angel n'insista pas. Il demanda si le prisonnier allait bien. Le policier répondit qu'on lui avait donné la meilleure pièce de la caserne, avec un bon éclairage et l'eau courante, mais que cela faisait vingt-quatre heures qu'il ne mangeait pas. Il avait refusé la nourriture commandée par le maire à l'hôtel.

« Il a peur qu'on l'empoisonne, conclut le policier.

– On aurait dû faire venir les repas de chez lui, dit le curé.

– Il ne veut pas qu'on dérange sa femme. »

Comme s'il s'adressait à lui-même, le curé murmura : « Je vais en parler au maire. » Il se dirigea vers le fond du couloir, là où le maire avait fait construire son bureau blindé.

« Il n'est pas là, dit le policier. Une rage de dents le retient depuis deux jours à son domicile. »

Le père Angel lui rendit visite. Le maire était prostré dans son hamac, près d'une chaise sur laquelle étaient posées une cruche avec de l'eau bicarbonatée, une boîte de calmants et la cartouchière avec le revolver. La joue restait enflée. Le père Angel poussa une chaise jusqu'au hamac.

« Faites-la arracher », dit-il.

Le maire cracha dans la cuvette la gorgée d'eau bicarbonatée. « C'est facile à dire », soupira-t-il, la tête encore penchée sur le récipient. Le père Angel comprit. Il baissa la voix :

« Si vous m'y autorisez, je vais en parler au

dentiste. » Il respira profondément et se risqua à ajouter : « C'est un homme compréhensif.

– Comme un mulet, dit le maire. Pour le convaincre, il faudrait lui ouvrir la tête à coups de fusil. Mais alors on ne serait pas plus avancés. »

Le père Angel le suivit des yeux jusqu'à la fontaine. Le maire ouvrit le robinet et avança sa joue gonflée sous le jet d'eau fraîche où il la maintint un instant, l'air en extase. Puis il mâchonna un calmant, mit ses mains en creux pour y recueillir de l'eau qu'il expédia dans sa bouche.

« Sincèrement, insista le curé, je peux en parler au dentiste. »

Le maire eut un geste d'impatience.

« Faites comme vous voudrez, mon père. »

Il se recoucha sur le dos dans le hamac, les yeux fermés, les mains sous la nuque, en respirant comme sous l'effet de la colère. La douleur peu à peu s'atténuait. Quand il rouvrit les yeux, le père Angel le regardait en silence, assis près du hamac.

« Qu'est-ce qui vous amène sur ces terres ? demanda le maire.

– César Montero, dit le curé, sans préambule. Cet homme a besoin de se confesser.

– Il est au secret. Demain, après les premières formalités, vous pourrez le confesser. Nous devons le transférer lundi.

– Déjà quarante-huit heures de prison, dit le curé.

– Et moi deux semaines de fluxion », dit le maire.

Les moustiques commençaient à bourdonner

dans la pièce obscure. Le père Angel regarda par la fenêtre et vit un nuage d'un rose intense flottant sur le fleuve.

« Et que comptez-vous faire pour l'alimentation ? » demanda-t-il.

Le maire abandonna son hamac pour fermer la fenêtre du balcon. « J'ai fait mon devoir, dit-il. Il ne veut pas qu'on dérange sa femme et il a refusé la nourriture de l'hôtel. » Il répandit autour de lui des vapeurs d'insecticide. Le père Angel chercha dans sa poche un mouchoir pour ne pas éternuer mais n'y trouva qu'une lettre chiffonnée. « Aïe ! » s'écria-t-il en essayant de la défroisser avec les doigts. Le maire interrompit sa fumigation. Le prêtre se boucha le nez ; précaution inutile : il éternua deux fois.

« A vos souhaits, mon père ! Et surtout ne vous retenez pas », lui dit le maire, qui insista, souriant : « Nous sommes en démocratie. »

Le père Angel sourit aussi. Il dit, en montrant l'enveloppe cachetée : « J'ai oublié ma lettre. » Il retrouva son mouchoir dans la manche de sa soutane et essuya son nez irrité par l'insecticide. Il continuait de penser à César Montero.

« C'est comme si vous l'aviez mis au pain et à l'eau.

– Si tel est son plaisir, dit le maire, nous ne pouvons pas le faire manger de force.

– Ce qui me préoccupe le plus, c'est sa conscience », dit le curé.

Le nez toujours enfoui dans son mouchoir, il accompagna le maire du regard à travers la chambre jusqu'au moment où la fumigation cessa. « Sa conscience, s'il craint qu'on l'empoisonne, il ne doit pas l'avoir tranquille », dit le maire en posant la bombe sur le sol. Il ajouta :

« Il sait que Pastor, tout le monde l'aimait.

– Tout le monde aime aussi César Montero, répliqua le curé.

– Oui, mais le hasard veut que le mort soit Pastor. »

Le curé regarda la lettre. Le jour devint mauve. « Pastor, murmura-t-il. Il n'a pas eu le temps de se confesser. » Le maire alluma l'électricité avant de s'étendre à nouveau dans son hamac.

« Demain, j'irai mieux, dit-il. Après l'interrogatoire vous pourrez le confesser. D'accord ? »

Le père Angel acquiesça. « C'est seulement pour la paix de sa conscience », insista-t-il. Il se leva solennellement, en recommandant au maire de ne pas se bourrer de calmants. Le maire, de son côté, lui rappela de ne pas oublier sa lettre.

« Ah ! Et puis, mon père, essayez de parler à cet arracheur de dents. » Il regarda le prêtre qui commençait à descendre l'escalier et précisa, retrouvant son sourire : « La paix ne peut que s'en trouver consolidée. »

Assis à la porte de son bureau, le receveur des Postes regardait mourir le soir. Lorsque le père Angel lui remit la lettre, il retourna à son guichet, humecta avec la langue un timbre par avion à quinze centavos et une vignette de surtaxe au profit des travaux publics. Il continua de fourrager dans son tiroir. Quand les premières lampes de la rue s'allumèrent, le curé déposa quelques pièces sur la tablette et sortit sans prendre congé.

Le receveur fouillait toujours dans son tiroir. Un moment plus tard, fatigué de retourner des papiers, il écrivit à l'encre dans un coin de l'enveloppe : *Plus de timbres à cinq centavos.* Après quoi il signa et apposa le cachet de la poste.

Ce soir-là, après le rosaire, le père Angel découvrit une souris morte flottant dans le bénitier. Trinidad tendait ses pièges près des fonts baptismaux. Le curé attrapa l'animal par le bout de la queue.

« Malheureuse! dit-il à Trinidad en agitant sous son nez la souris morte. Tu ne sais donc pas que certains fidèles viennent remplir des bouteilles d'eau bénite pour la faire boire à leurs malades?

– Et alors?

– Comment cela, et alors? Et alors les malades vont avaler de l'eau bénite à l'arsenic. »

Trinidad lui fit remarquer qu'elle n'avait pas encore reçu l'argent de l'arsenic. « C'est du plâtre », dit-elle, et elle révéla la formule : elle avait mis du plâtre dans les recoins de l'église; la souris en avait mangé et un moment plus tard, assoiffée, était allée boire dans le bénitier. L'eau avait solidifié le plâtre dans son estomac.

« De toute façon, dit le curé, je préfère que tu viennes chercher l'argent pour l'arsenic. Je ne veux plus de souris mortes dans l'eau bénite. »

Une délégation de dames patronnesses, avec à sa tête Rébecca Asis, l'attendait dans son bureau. Après avoir remis l'argent à Trinidad, le curé fit un commentaire au sujet de la chaleur ambiante et s'assit à sa table de travail, devant les trois dames qui attendaient en silence.

« Je vous écoute, chères et dignes paroissiennes. »

Elles se regardèrent. Rébecca Asis ouvrit alors un éventail sur lequel était peint un paysage japonais, et elle déclara sans mystère :

« Il s'agit des affiches anonymes, monsieur le curé. »

D'une voix sinueuse, comme on en prend pour raconter une légende enfantine, elle exposa l'émoi du village. Elle dit que même si la mort de Pastor devait être interprétée « comme une chose purement privée », les familles respectables se sentaient obligées de se préoccuper desdites affiches.

Appuyée sur le manche de son ombrelle, Adalgisa Montoya, la plus âgée des trois, se montra plus explicite :

« Nous, les dames catholiques, nous avons décidé d'intervenir dans cette affaire. »

Le père Angel réfléchit durant quelques secondes. Rébecca Asis respira avec force, et le curé se demanda comment elle pouvait exhaler une odeur aussi capiteuse. Elle était splendide et florale, d'une blancheur éblouissante et d'une santé passionnée. Le curé parla, le regard perdu on ne savait où.

« A mon avis, dit-il, nous ne devons pas prêter attention à la voix du scandale. Nous devons nous tenir au-dessus de tels agissements et continuer d'observer la loi de Dieu comme nous l'avons toujours fait. »

Adalgisa Montoya approuva d'un signe de tête. Mais les autres n'étaient pas d'accord : il leur semblait que « cette calamité pourrait avoir à la longue des conséquences funestes ». Au même

moment le haut-parleur du cinéma se mit à cra-
choter. Le père Angel se tapota le front. « Excusez-
moi », dit-il tout en cherchant dans le tiroir de son
bureau l'annuaire de l'office catholique de censure
cinématographique.

« Qu'est-ce qu'on projette aujourd'hui ?

— *Les Pirates du ciel*, dit Rébecca Asis. Un film
de guerre. »

Le père Angel consulta la liste alphabétique,
murmurant des bribes de titres tandis que son
index parcourait les longues colonnes de films
répertoriés. Il tourna la page et s'arrêta.

« *Les Pirates du ciel.* »

L'index glissait horizontalement pour trouver la
qualification morale lorsque la voix du directeur se
substitua au disque attendu. Elle annonçait le
report du spectacle pour cause de mauvais temps.
L'une des femmes expliqua que le directeur avait
pris cette décision parce que le public exigeait
d'être remboursé si la pluie interrompait la projection avant l'entracte.

« Dommage, dit le père Angel. C'était un film
pour tous. »

Il referma la brochure et poursuivit :

« Comme je vous le disais, notre village respecte
la morale de Dieu. Voilà dix-neuf ans, quand on
m'a confié la paroisse, onze couples appartenant à
de bonnes familles vivaient publiquement en
concubinage. Un seul subsiste, et pour peu de
temps, je l'espère.

— Nous ne pensons pas à nous, dit Rébecca Asis.
Mais ces pauvres gens...

— Ne nous faisons aucun souci, reprit le curé,
indifférent à l'interruption. Il faut voir comment ce

village a changé. A l'époque dont nous parlions, une danseuse russe avait présenté au gallodrome un spectacle réservé aux hommes et, celui-ci terminé, elle avait vendu aux enchères tout ce qu'elle portait sur elle. »

Adalgisa Montoya lui coupa la parole :

« C'est exact », dit-elle.

En vérité, ce scandale, elle s'en souvenait comme on le lui avait raconté : lorsque la danseuse était restée complètement nue, un vieillard s'était mis à crier dans les galeries, il était monté au plus haut des gradins et avait uriné sur le public. Alors tous, imitant son exemple, avaient fini par uriner les uns sur les autres en hurlant comme des fous.

« Maintenant, répéta le curé, il est prouvé que de tout l'évêché, notre village est le plus respectueux de la morale de Dieu. »

Il s'obstina dans sa thèse. Il rappela certaines heures difficiles de sa lutte contre les faiblesses et les travers du genre humain, jusqu'au moment où les dames catholiques, accablées par la chaleur, cessèrent de l'écouter. Rébecca Asis redéplia son éventail et le père Angel découvrit alors la source de son parfum. L'odeur de santal se cristallisa dans la somnolence de la pièce. Le curé sortit son mouchoir de sa manche et le porta à son nez pour ne pas éternuer.

« Notre église, par contre, est la plus pauvre de l'évêché. Ses cloches sont fêlées et ses nefs pleines de souris car j'ai passé ma vie à imposer la décence et les bonnes mœurs. »

Il dégrafa le col de sa soutane. « N'importe quel homme jeune peut assumer le travail matériel, dit-il, en se levant. Mais il faut des années de ténacité et une vieille expérience pour reconstruire la moralité. » Rébecca Asis leva sa main diaphane où une bague sertie d'émeraudes écrasait l'anneau de mariage.

« C'est pourquoi, dit-elle, nous avons pensé que ces affiches allaient ruiner votre œuvre entière. »

La seule femme qui, jusqu'alors, était restée silencieuse profita de la pause pour intervenir :

« Et puis nous pensons que notre pays est en train de se relever et que cette calamité peut gêner son redressement. »

Le père Angel chercha un éventail dans l'armoire et se mit à s'éventer à petits coups.

« Les deux choses n'ont aucun lien entre elles, dit-il. Nous avons traversé un moment politique difficile mais la morale familiale s'est maintenue intacte. »

Il se planta devant les trois femmes. « Dans quelques années, bientôt, j'irai trouver notre évêque et je lui dirai : '' Voilà, je vous laisse un village exemplaire. Maintenant, il ne manque plus qu'un garçon jeune et entreprenant pour construire la plus belle église de l'évêché. '' »

Il fit une révérence pleine de nonchalance et s'écria :

« Après quoi j'irai mourir en paix dans la cour de mes ancêtres. »

Les dames protestèrent. Adalgisa Montoya exprima le sentiment général.

« Ce village est un peu le vôtre, mon père. Et nous voulons que vous y restiez jusqu'à votre dernier soupir.

— S'il s'agit de construire une nouvelle église, dit

Rébecca Asis, nous pouvons commencer la campagne dès aujourd'hui.

– Chaque chose en son temps », répondit le père Angel qui prit une voix différente pour ajouter : « Pour le moment, je ne veux pas atteindre la vieillesse à la tête d'une paroisse. Je ne veux pas qu'il m'arrive ce qui est arrivé au brave père Antonio Isabel du Très-Saint-Sacrement-de-l'Autel Castañeda y Montero, lequel avait annoncé à l'évêque qu'une pluie d'oiseaux morts était tombée sur sa paroisse. L'enquêteur envoyé par l'évêque le trouva sur la place du village, en train de jouer avec les enfants au gendarme et aux voleurs. »

Les dames exprimèrent leur perplexité.

« Qui était-ce ?

– Mon successeur à Macondo, dit le père Angel. Il était centenaire. »

L'HIVER, dont l'inclémence avait été prévisible dès les derniers jours de septembre, implanta sa rigueur en cette fin de semaine. Le maire passa son dimanche à mâcher des calmants dans son hamac tandis que le fleuve en crue ravageait les quartiers bas.

Le lundi, à l'aube, la pluie accorda sa première trêve mais il fallut au village plusieurs heures pour se rétablir. Si le billard et le salon de coiffure ouvrirent tôt leurs portes, la plupart des maisons restèrent closes jusqu'à onze heures. M. Carmichaël fut la première personne à avoir l'occasion de frémir devant le spectacle des hommes transportant leurs maisons vers des terrains plus élevés. Des groupes en effervescence avaient déterré les pieux servant de supports aux toits de palmes et charroyaient entières leurs habitations sommaires de bambous.

A l'abri sous son parapluie et sous l'avant-toit du salon de coiffure, M. Carmichaël regardait la laborieuse manœuvre lorsque le barbier l'arracha à ses pensées :

« Ils ont dû attendre la fin de la pluie.

– La pluie ne cessera pas avant deux jours. Mes cors me le disent. »

Les hommes qui transportaient les maisons, enfoncés jusqu'aux chevilles dans la boue, passèrent en se heurtant aux murs du coiffeur. M. Carmichaël vit par une fenêtre l'intérieur dégarni, une chambre entièrement dépouillée de son intimité, et une impression de désastre l'envahit.

On aurait pu croire qu'il était six heures du matin mais son estomac lui signalait qu'il allait être midi. Moshé le Syrien l'invita à s'asseoir dans sa boutique en attendant une éclaircie. M. Carmichaël réaffirma ses prévisions : la pluie ne cesserait pas avant vingt-quatre heures. Il hésita avant de sauter sur le trottoir de la maison voisine. Un groupe de gamins qui jouaient à la petite guerre lança une boule de boue qui s'écrasa contre le mur, à quelques mètres à peine de son pantalon au pli parfait. Elie le Syrien sortit de sa boutique, un balai à la main, et les menaça dans un charabia d'arabe et d'espagnol.

Les gamins bondirent de joie :

« L'Arabe-mon-cul! »

M. Carmichaël vérifia que son costume était intact. Il referma son parapluie et se dirigea droit vers le fauteuil du salon de coiffure.

« J'ai toujours dit que vous étiez un homme prudent », dit le coiffeur.

Il lui noua une serviette autour du cou. M. Carmichaël huma l'odeur d'eau de lavande qui lui causait le même malaise que les vapeurs glacées du dentiste. Le barbier commença par dégager la nuque à petits coups de ciseaux. M. Carmichaël chercha d'un regard impatient quelque chose à lire :

« Il n'y a pas de journaux ?

– Dans ce pays, il ne reste plus que la presse officielle et, moi vivant, celle-ci ne rentrera pas dans mon établissement », répondit le barbier sans interrompre son travail.

M. Carmichaël se contenta de regarder ses souliers crevassés jusqu'au moment où le barbier lui demanda des nouvelles de la veuve Montiel. M. Carmichaël venait de chez elle. Il administrait ses biens depuis la mort de don José Montiel dont il avait été le comptable durant de longues années.

« Toujours là, dit-il.

– On se crève, dit le perruquier comme s'il s'adressait à lui-même, et madame est ici toute seule, avec des terres que vous n'arrivez pas à traverser en cinq jours de cheval. Elle doit posséder au moins dix cantons.

– Trois, corrigea M. Carmichaël qui ajouta, convaincu : C'est la meilleure femme du monde. »

Le barbier s'avança vers la tablette pour nettoyer son peigne. M. Carmichaël vit dans la glace sa tête de bouc et comprit une fois encore pourquoi il ne l'appréciait guère. Le perruquier parla en regardant sa propre image :

« Une aubaine, quoi ! Mon parti est au pouvoir, la police menace de mort mes adversaires politiques, et moi je leur achète terres et troupeaux à des prix que je fixe moi-même. »

M. Carmichaël baissa la tête. Le coiffeur s'appliqua de nouveau à lui couper les cheveux. « Quand arrivent les élections, conclut-il, je règne sur trois cantons, je n'ai pas d'opposants, le gouvernement peut changer, je continue à tenir la queue de la poêle. Moi, je vous le dis : l'affaire est bonne, pas besoin de fabriquer de faux billets.

– José Montiel était riche bien avant que ne commencent les salades politiques, dit M. Carmichaël.

– Oui, assis en caleçon à la porte d'un moulin à riz, dit le perruquier. On sait de source sûre qu'il a enfilé sa première paire de souliers il y a neuf ans.

– Et quand bien même, admit M. Carmichaël. La veuve est toujours restée étrangère aux affaires de Montiel.

– Mais elle a fait la bête », dit le barbier.

M. Carmichaël leva la tête. Il dégagea son cou de la serviette pour activer la circulation. « C'est pourquoi je préfère que ce soit ma femme qui me coupe les cheveux, protesta-t-il. Ça ne me coûte pas un sou et, en plus, elle ne me parle pas de politique. » Le barbier lui poussa la tête en avant et poursuivit son travail en silence. Il faisait parfois cliqueter ses ciseaux en l'air pour calmer un excès de virtuosité. M. Carmichaël entendit des cris dans la rue. Il regarda dans la glace : des enfants et des femmes passaient devant la porte avec les meubles et les ustensiles des maisons qu'on déplaçait. Il commenta avec rancœur :

« Les malheurs nous dévorent et vous restez emberlificotés dans vos haines politiques. On ne persécute plus personne depuis un an et vous continuez à rabâcher.

– L'abandon dans lequel on nous tient est aussi une forme de persécution, dit le barbier.

– Mais on ne nous cogne plus dessus, dit M. Carmichaël.

– Nous abandonner à la grâce de Dieu est une façon de le faire. »

M. Carmichaël s'énerva :

« Tout ça, c'est du roman-feuilleton. »

Le barbier garda le silence. Il fit mousser du savon avec son blaireau dans une calebasse et en barbouilla la nuque de M. Carmichaël. « Vous savez, on a la langue qui vous démange, s'excusa-t-il. Et on trouve si rarement quelqu'un d'impartial.

– Un homme qui a onze enfants à nourrir est bien obligé d'être impartial, dit M. Carmichaël.

– Vous avez raison », dit le coiffeur.

Il fit chanter le rasoir dans la paume de sa main. Il lui rasa la nuque en silence, essuyant le savon avec ses doigts, et essuyant ensuite ses doigts sur le pantalon. Il lui frotta le cou à la pierre d'alun et acheva son travail sans desserrer les lèvres.

Comme il reboutonnait son col, M. Carmichaël vit l'écriteau cloué sur le mur du fond : DÉFENSE DE PARLER POLITIQUE. Il secoua les cheveux tombés sur son costume, pendit à son bras son parapluie et montra l'écriteau :

« Et pourquoi gardez-vous cela ?

– Ce n'est pas pour vous. Vous, vous n'êtes pas de parti pris, tout le monde le reconnaît. »

M. Carmichaël n'hésita pas cette fois à sauter sur le trottoir. Le coiffeur le suivit des yeux jusqu'au moment où il tourna le coin, puis contempla le fleuve trouble et menaçant. Il ne pleuvait plus mais un nuage chargé d'eau se maintenait immobile sur le village. Un peu avant une heure, Moshé le Syrien entra en se lamentant car si son crâne se déplumait, les cheveux en revanche lui poussaient dans le cou avec une extraordinaire rapidité.

Le Syrien se les faisait couper tous les lundis. D'ordinaire, il penchait la tête en avant avec une sorte de fatalisme et ronflait en arabe tandis que le coiffeur monologuait à haute voix. Ce lundi-là, pourtant, il se réveilla en sursaut dès la première question.

« Savez-vous qui j'ai vu?

– Carmichaël, dit le Syrien.

– Ce malheureux négro de Carmichaël, confirma le perruquier comme s'il avait épelé la phrase. Les hommes de cette espèce, je ne peux pas les voir en peinture.

– Carmichaël n'est pas un homme, dit Moshé le Syrien. Voilà près de trois ans qu'il n'a pas acheté une paire de souliers. Mais, en politique, il ne perd pas le nord : il tient les comptes en fermant les yeux. »

Il appuya sa barbe contre sa poitrine avec l'intention de se remettre à ronfler mais le barbier se planta devant lui, les bras croisés : « Dites-moi une chose, Arabe de merde : pour qui êtes-vous, finalement? » Le Syrien répondit, imperturbable :

« Pour moi.

– Ce n'est pas bien, dit le coiffeur. Vous devriez au moins ne pas oublier les quatre côtes que, sur l'ordre de José Montiel, on a cassées au fils Elie, votre compatriote.

– La malchance a voulu pour Elie que son fils

fasse de la politique. Mais maintenant le petit danse gaiement au Brésil et José Montiel est au cimetière. »

Avant d'abandonner la chambre bouleversée par ses longues nuits de souffrance, le maire se rasa le côté droit du visage et laissa l'autre envahi par une barbe de huit jours. Puis il passa un uniforme propre, chaussa ses bottes vernies et descendit déjeuner à l'hôtel en profitant de la trêve de la pluie.

Le restaurant était vide. Le maire se fraya un passage à travers les tables et occupa l'endroit le plus discret, au fond de la salle.

« Mascaras », appela-t-il.

La jeune fille qui accourut avait des seins de statue dans une robe courte qui la moulait. Le maire commanda le menu sans la regarder. En repartant vers la cuisine, la fille alluma la radio placée sur une console à l'extrémité de la pièce. Le bulletin d'informations diffusant des extraits d'un discours prononcé la veille au soir par le président de la République fut suivi par la lecture d'une liste de nouveaux articles dont on interdisait l'importation. Au fur et à mesure que la voix du speaker occupait les lieux la chaleur se fit plus intense. Quand la fille apporta la soupe, le maire s'éventait avec sa casquette pour rentrer la sueur dans ses pores.

« Moi aussi, je transpire quand j'entends la radio », dit la fille.

Le maire avala les premières cuillerées de potage. Il avait toujours pensé que cet hôtel solitaire, qui survivait grâce à quelques commis voyageurs de passage, était un endroit différent du reste du village. En réalité, il existait avant celui-ci. Sur son immense balcon de bois aujourd'hui délabré, les commerçants venus de l'intérieur acheter la récolte de riz passaient la nuit à jouer aux cartes, en attendant la fraîcheur de l'aube pour pouvoir fermer l'œil. Le colonel Aureliano Buendia lui-même, qui allait discuter à Macondo les termes de la capitulation de la dernière guerre civile, avait dormi une nuit sur ce balcon, à une époque où il n'y avait encore aucun village à des lieues à la ronde. C'était alors la même maison, avec des murs de bois et un toit de zinc, la même salle de restaurant et les mêmes cloisons de carton dans les chambres, mais sans l'éclairage électrique ni les sanitaires. Un vieux représentant de commerce racontait que, jusqu'au début du siècle, une collection de masques pendus à un mur du restaurant était mise à la disposition des clients et que les hôtes masqués allaient faire leurs besoins dans la cour, sous les yeux de tous.

Le maire dut dégrafer son col pour finir sa soupe. Au bulletin d'information succéda un disque de petites annonces en vers. Pui un boléro. Un homme à la voix de rat mort d'amour avait décidé de faire le tour du monde à la poursuite d'une femme. En attendant la fin du repas, le maire inspecta les lieux du regard, jusqu'au moment où il vit passer devant l'hôtel deux enfants avec deux chaises et un fauteuil à bascule et, derrière eux, deux femmes et un homme avec des marmites, des baquets et le reste du mobilier.

Il se précipita sur le seuil.

« Où avez-vous volé ces saloperies ? » cria-t-il.

Les femmes s'arrêtèrent. L'homme lui expliqua qu'ils transportaient la maison sur des terres plus hautes. Le maire lui demanda où et l'homme montra le sud avec son chapeau :

« Là-haut. Sur un terrain que don Sabas nous a loué pour trente pesos. »

Le maire examina les meubles. Un fauteuil démantibulé, des marmites fêlées : des objets de malheureux. Il réfléchit un instant, puis il dit :

« Emportez-moi tous ces machins-là sur le terrain vague près du cimetière. »

L'homme se troubla.

« Ce sont des terrains municipaux et ils ne vous coûteront rien, dit le maire. C'est un cadeau de la mairie. »

Puis, s'adressant aux femmes, il ajouta : « Et dites à don Sabas que je lui demande de ne pas jouer au voleur. »

Il acheva de déjeuner sans déguster ce qu'il mangeait. Il alluma une cigarette. Il en alluma une autre avec son mégot et demeura un long moment songeur, les coudes appuyés sur la table tandis que la radio nasillait des mélodies sentimentales.

« A quoi pensez-vous ? » demanda la fille en enlevant les assiettes vides.

Le maire ne broncha pas :

« A ces pauvre gens. »

Il mit sa casquette et traversa le restaurant. Sur le seuil, il se retourna :

« Il faut faire de ce village un trou décent. »

Une sanglante bagarre de chiens lui barra la route au carrefour. Il vit une mêlé d'échines et de pattes dans un tourbillon d'aboiements, puis des dents à nu et un chien qui boitait de l'arrière-train, la queue entre les pattes. Le maire la contourna et poursuivit son chemin sur le trottoir vers la caserne.

Une femme hurlait dans un des cachots tandis que le garde faisait la sieste, étendu à plat ventre sur un lit de camp. Le maire donna un coup de botte dans un des pieds du lit. Le garde se réveilla et sauta à terre.

« Qui est-ce ? » demanda le maire.

L'homme se mit au garde-à-vous :

« La femme qui colle les affiches anonymes. »

Le maire éclata en injures contre ses subalternes. Il voulait savoir qui avait arrêté la femme et qui avait ordonné de la mettre au cachot. Les policiers se perdirent dans une longue explication.

« Et depuis quand est-elle ici ? »

On l'avait emprisonnée le samedi soir.

« Eh bien, libérez-la, et que l'un d'entre vous prenne sa place ! hurla le maire. Cette femme a passé la nuit en taule, mais ce matin le village était couvert d'affiches ! »

A peine ouverte la lourde porte de fer, une femme d'un certain âge, aux os saillants et au chignon monumental, sortit en criant du cachot.

« Va te faire foutre ! » dit le maire.

La femme dénoua son chignon, secoua et resecoua sa longue et abondante chevelure et descendit l'escalier comme une flèche en vociférant : « Putain ! Putain ! » Le maire se pencha par-dessus la balustrade et brailla de toutes ses forces, comme s'il souhaitait être entendu non seulement par la femme et par ses policiers, mais par le village entier :

« Et ne me faites plus chier avec vos affiches à la con ! »

Malgré la pluie qui persistait, le père Angel sortit faire sa promenade du soir. Disposant d'un certain temps avant son rendez-vous avec le maire, il descendit vers la zone des inondations. Il n'y trouva que le cadavre d'un chat flottant parmi les fleurs.

A son retour, le soir, intense et brillant, devenait plus sec. Une barcasse couverte d'une bâche goudronnée descendait le fleuve épais et immobile. D'une maison à demi écroulée un enfant sortit en criant qu'il avait trouvé la mer dans un coquillage. Le père Angel approcha le coquillage de son oreille. C'était vrai, la mer était bien dedans.

La compagne du juge Arcadio était assise devant sa porte, l'air en extase, les bras croisés sur le ventre et les yeux fixés sur la barcasse. Trois maisons plus loin commençaient les magasins, les éventaires alignant leur bric-à-brac et les Syriens impassibles également assis sur les seuils. Le soir se mourait en nuages d'un rose vif, au milieu du charivari des perroquets et des singes de l'autre rive.

Les maisons s'ouvraient les unes après les autres. Sous les amandiers sales de la place, autour des voiturettes de rafraîchissements ou sur les bancs de granit rongés de l'avenue, les hommes se réunissaient pour bavarder. Le père Angel pensa que tous les soirs, en cet instant, le village accueillait le miracle de la transfiguration.

« Mon père, ça ne vous rappelle pas les prisonniers des camps de concentration? »

Le père Angel ne vit pas le docteur Giraldo mais il l'imagina, souriant, derrière sa fenêtre éclairée. Honnêtement, il ne conservait aucun souvenir des photographies et pourtant il était sûr de les avoir vues un jour.

« Venez faire un tour dans la salle d'attente », dit le médecin.

Le père Angel poussa la porte grillagée. Un être au sexe indéfinissable, un paquet d'os entièrement doublé de peau jaunâtre, était allongé sur une natte. Deux hommes et une femme attendaient assis contre la cloison. Le curé ne respira aucune odeur mais imagina que ce corps devait exhaler une forte puanteur.

« Qui est-ce? demanda-t-il.

— Mon fils, répondit la femme qui ajouta, comme pour s'excuser : Depuis deux ans le sang lui coule par le derrière. »

Le malade tourna les yeux vers la porte sans remuer la tête. Le curé prit un air de pitié terrorisée :

« Et que faites-vous pour le soigner?

— Nous lui donnons des bananes vertes. Mais il les refuse, alors qu'il n'a plus de forces.

— Il faut l'emmener se confesser », dit le curé, sans conviction.

Il referma la porte avec soin et gratta au grillage de la fenêtre, en approchant la tête pour apercevoir le médecin à l'intérieur. Le docteur Giraldo écrasait quelque chose dans un mortier.

« De quoi souffre-t-il? demanda le curé.

— Je ne l'ai pas encore examiné, répondit le

médecin, qui commenta, songeur : C'est Dieu qui veut que ces choses-là arrivent aux gens, mon père. »

Le père Angel passa sous silence le commentaire :

« Je n'ai jamais vu dans ma vie un mort qui m'ait paru aussi mort que ce pauvre garçon. »

Il prit congé. Le port était vide et la nuit tombait. Le père Angel comprit que la vision du malade avait changé son état d'esprit. S'avisant soudain qu'il était en retard à son rendez-vous, il pressa le pas en direction de la caserne.

Le maire était affalé sur une chaise pliante, la tête entre les mains.

« Bonsoir », dit le curé d'une voix très lente.

Le maire leva la tête et le curé frémit devant ses yeux rougis par le désespoir. Une de ses joues était rasée de frais mais l'autre n'était qu'une broussaille barbouillée de pommade gris cendre. Il s'écria dans une plainte sourde :

« Mon père, je vais me flanquer une balle dans le citron. »

Le père Angel se montra consterné :

« Vous vous empoisonnez avec tous ces calmants. »

Le maire se rendit jusqu'au mur en trépignant, empoigna ses cheveux à deux mains et se cogna violemment la tête contre les planches. Le curé n'avait jamais assisté à une telle douleur.

« Prenez encore deux cachets, dit-il, en proposant ainsi consciemment un remède à son propre désarroi. Vous n'en mourrez pas. »

Il était maladroit devant la souffrance humaine et en avait pleinement conscience. Il chercha du regard les analgésiques dans l'espace nu de la pièce. Contre le mur il y avait une demi-douzaine de tabourets de cuir, une vitrine bourrée de papiers poussiéreux et, suspendue à un clou, une lithographie du président de la République. Les emballages de cellophane qui traînaient vides sur le sol étaient les seules traces de calmants.

« Où les avez-vous fourrés? dit-il, désespéré.

– Ils ne me font plus aucun effet », dit le maire.

Le prêtre s'approcha de lui. « Mais dites-moi où ils sont. » Le maire se contorsionna, rageur, et le père Angel vit une tête énorme et monstrueuse à quelques centimètres de ses yeux.

« Bordel de merde! hurla le maire. J'ai déjà demandé qu'on ne me fasse pas chier! »

Il leva un tabouret au-dessus de sa tête et le lança de toute la force de son désespoir dans la vitrine. Le père Angel ne comprit la situation qu'une fois tombée la grêle de verre brisé, lorsque le maire surgit comme une apparition sereine dans le brouillard de la poussière, au milieu d'un silence parfait.

« Mon lieutenant », murmura le curé.

Les policiers se tenaient à la porte du couloir, leurs armes braquées. Le maire les regarda sans les voir, en respirant comme un chat, et ils baissèrent leurs fusils mais restèrent immobiles sur le seuil. Le père Angel prit le maire par le bras et le conduisit jusqu'à la chaise pliante.

« Où sont les calmants? » insista-t-il.

Le maire ferma les yeux et renversa la tête. « Ces saloperies-là, je ne veux plus en prendre, dit-il. Elles me donnent des bourdonnements d'oreilles et m'endorment les os du crâne. » Durant un court répit que la douleur lui laissa, il tourna la tête vers le curé et demanda : « Vous avez parlé au dentiste ? »

Le curé fit signe que oui, mais à son expression le maire comprit le résultat de l'entrevue.

« Pourquoi ne vous adressez-vous pas au docteur Giraldo ? proposa le prêtre. Il y a des médecins qui arrachent les dents. »

Le maire tarda à répondre : « Il prétendra qu'il n'a pas de pinces. » Et il ajouta : « C'est une conspiration. »

Il profita de la trêve pour se reposer de cet après-midi inexorable. Quand il rouvrit les yeux, la chambre était dans la pénombre. Il dit, sans voir le père Angel :

« Vous veniez au sujet de César Montero. »

Il ne reçut pas de réponse. « Avec cette douleur, je n'ai rien pu faire », continua-t-il. Il se leva pour allumer la lampe et la première vague de moustiques entra par le balcon. Le père Angel regarda l'heure et sursauta.

« Mais le temps passe, dit-il.

— De toute façon, mercredi, il faudra le transférer, dit le maire. Demain, je réglerai les dernières formalités et vous pourrez le confesser l'après-midi.

— A quelle heure ?

— A quatre heures.

— Même s'il pleut ? »

Le maire déchargea dans un seul regard toute l'impatience réprimés durant deux semaines de souffrance.

« Même si c'est la fin du monde, mon père. »

La douleur se montrait maintenant invulnérable aux calmants. Le maire transporta son hamac sur le balcon et essaya de dormir dans la fraîcheur de la nuit naissante. Pourtant, il n'était pas huit heures que, succombant de nouveau au désespoir, il descendait sur la place qu'une onde épaisse de chaleur engourdissait.

Après avoir fait les cent pas aux alentours sans découvrir l'inspiration qui lui manquait pour surmonter la souffrance, il entra au cinéma. Il le regretta vite. Le vrombissement des avions de guerre exacerba les élancements. Il abandonna la salle avant l'entracte et pénétra dans la pharmacie au moment où don Moscote se préparait à fermer.

« Donnez-moi ce que vous avez de plus fort contre le mal de dents. »

Le pharmacien lui examina la joue avec stupeur. Puis il alla au fond de la boutique, à travers un double rang d'armoires vitrées entièrement occupées par des pots de faïence portant en lettres bleues le nom de leur contenu. En le voyant de dos, le maire comprit que cet homme à la nuque rose et dodue était peut-être en train de vivre un instant de bonheur. Il le connaissait. Il s'abritait dans deux pièces au fond de la pharmacie, avec son épouse, une femme très grosse, paralytique depuis des années.

Don Lalo Moscote revint jusqu'au comptoir avec un pot de faïence sans étiquette qui répandit une odeur d'herbes sucrées quand il le déboucha.

« Qu'est-ce que c'est ? »

Le pharmacien plongea les doigts dans les graines sèches du bocal. « De la cardamine, dit-il. Vous la mâchez bien et vous avalez le jus peu à peu. Il n'y a rien de plus efficace contre les fluxions. » Il en versa plusieurs graines dans le creux de sa main et dit en regardant le maire par-dessus ses lunettes :

« Ouvrez la bouche. »

Le maire recula. Il fit tourner le bocal pour se convaincre qu'il n'y avait rien d'écrit et planta à nouveau les yeux dans ceux du pharmacien :

« Donnez-moi une chose d'importation.

– Ce que je vous donne est bien meilleur, dit Lalo Moscote. Trois mille ans de savoir populaire le garantissent. »

Il se mit à envelopper les graines dans du papier journal. Son image n'était pas celle d'un père de famille enveloppant du cresson des prés mais plutôt d'un tonton gâteau fabriquant avec une affectueuse rapidité une cocotte de papier pour les enfants. Quand il releva la tête, il souriait :

« Pourquoi ne la faites-vous pas arracher ? »

Le maire ne répondit pas. Il tendit un billet et abandonna la pharmacie sans attendre la monnaie.

A minuit passé, il continuait de se tortiller dans son hamac sans oser mâcher les graines. Une heure plus tôt, au plus fort de la chaleur, une averse s'était abattue et transformée bientôt en bruine. Epuisé par la fièvre, tremblant et englué dans une sueur glacée, le maire s'était allongé à plat ventre dans son hamac, avait ouvert la bouche et commencé à prier mentalement. Il avait prié avec conviction, les muscles tendus dans le spasme final, mais conscient que plus il luttait pour obtenir le contact avec Dieu et plus la douleur l'en éloignait. Finalement, il passa un imperméable sur son pyjama, enfila ses bottes et se dirigea vers la caserne.

Il y surgit en vociférant. Arrachés à leur labyrinthe de cauchemar et de réalité, les policiers se bousculèrent dans le couloir, cherchant leurs armes dans l'obscurité. Quand les lampes s'allumèrent, ils étaient à demi vêtus et attendaient les ordres.

« Gonzalez! Rovira! Peralta! » cria le maire.

Les trois hommes se détachèrent du groupe et entourèrent le lieutenant. Rien ne justifiait le choix dont ils étaient l'objet : c'étaient trois métis comme les autres. L'un d'eux, un garçon aux traits enfantins, les cheveux coupés ras, portait une chemisette de flanelle. Les deux autres en portaient aussi une, mais sous leur tunique dégrafée.

Ils ne reçurent pas d'ordre précis. En sautant les marches quatre à quatre sur les talons du maire, ils abandonnèrent la caserne en file indienne; ils traversèrent la rue sans se soucier de la pluie et s'arrêtèrent devant la maison du dentiste. Chargeant avec violence à deux reprises, ils défoncèrent la porte à coups de crosse. Ils étaient déjà dans le vestibule lorsque celui-ci s'alluma. Un petit homme chauve, aux tendons à fleur de peau, apparut en caleçon à la porte du fond en train d'enfiler un peignoir de bain. Il s'arrêta net, paralysé, un bras en l'air et la bouche ouverte, comme sous le flash d'un photographe. Puis il fit un bond en arrière et bouscula sa femme qui sortait de la chambre en chemise de nuit.

« Du calme! » cria le lieutenant.

La femme fit « aïe! », les mains sur la bouche, et rentra dans la chambre. Le dentiste se dirigea vers le vestibule en nouant la cordelière de son peignoir et reconnut alors seulement les trois policiers qui le tenaient en joue et le maire qui le regardait, le corps ruisselant de pluie, tranquille, les mains dans les poches de l'imperméable.

« Si votre femme sort de la chambre, j'ai donné l'ordre de tirer », dit le lieutenant.

Le dentiste empoigna la clenche et lança vers l'intérieur : « Tu as entendu, m'amie? » puis il referma la porte avec soin et s'avança en direction de son cabinet, surveillé à travers les meubles d'osier jaunis par les yeux gris fumée des fusils. Deux policiers le devancèrent sur le seuil. L'un alluma la lumière; l'autre alla tout droit à la table de travail et sortit du tiroir un revolver.

« Il doit y en avoir un autre quelque part », dit le maire.

Il était entré le dernier, derrière le dentiste. Les deux policiers se livrèrent à une fouille rapide et consciencieuse, tandis que le troisième gardait la porte. Ils renversèrent la boîte contenant les instruments, envoyèrent rouler à terre les moules de plâtre, les dentiers en fabrication, les dents et les couronnes en or; ils vidèrent les bocaux de faïence de l'armoire vitrée et éventrèrent à coups rapides de baïonnette l'appui-tête de toile cirée de la chaise dentaire et le coussin à ressorts du fauteuil tournant.

« C'est un 7.65 automatique », précisa le maire.

Il regarda fixement le dentiste : « Mieux vaudrait nous dire une fois pour toutes où vous le cachez. Nous ne sommes pas venus avec l'intention de tout casser. » Derrière leurs lunettes à monture en or les petits yeux sans éclat du dentiste restèrent indifférents.

« Vous savez, je ne suis pas pressé, répliqua celui-ci avec calme. Si cela vous fait plaisir, vous pouvez continuer. »

Le maire réfléchit. Après avoir examiné à nouveau la petite pièce aux cloisons de bois brut, il marcha vers le fauteuil en lançant des ordres péremptoires aux policiers. L'un monta la garde à la porte de la rue, l'autre à l'entrée du cabinet et le troisième, près de la fenêtre. Quand il s'installa dans le fauteuil et boutonna son imperméable mouillé, il se sentit entouré de métaux froids. Il aspira profondément l'air raréfié par la créosote et renversa la nuque contre l'appui-tête, en essayant de régulariser son rythme respiratoire. Le dentiste ramassa quelques instruments et les mit à bouillir dans une casserole.

« Ordonnez à cet assassin de poireauter là où il ne gênera pas. »

Sur un signe du maire le policier s'écarta de la fenêtre pour laisser libre le passage vers le fauteuil. Il poussa une chaise contre le mur et s'assit jambes écartées, le fusil à l'horizontale sur les cuisses, sans relâcher sa surveillance. Le dentiste alluma la lampe. Ebloui par la clarté soudaine, le maire ferma les yeux et ouvrit la bouche. La douleur avait cessé.

Le dentiste localisa la dent malade, écartant de son index la joue enflammée et orientant la lampe avec l'autre main, complètement insensible à la respiration anxieuse du patient. Puis il retroussa sa manche jusqu'au coude et se prépara à arracher la dent.

Le maire l'agrippa par le poignet.

« Anesthésiez! »

Leurs regards se rencontrèrent pour la première fois.

« Vous, vous tuez sans anesthésier », dit d'une voix douce le dentiste.

Le maire constata que la main qui serrait le davier ne faisait aucun effort pour se libérer. « Allez chercher vos ampoules », dit-il. Le policier posté dans le coin du cabinet tourna vers eux son fusil et tous deux perçurent du fauteuil le bruit du cran de sûreté qu'on libérait.

« Supposez que je n'en aie pas », dit le dentiste.

Le maire lâcha le poignet. « Il le faut », rétorqua-t-il, en examinant avec intérêt et désolation les objets éparpillés à terre. Le dentiste l'observa avec une attentive commisération. Puis il le poussa contre l'appui-tête et, montrant pour la première fois des signes d'impatience :

« Muselez votre frousse, lieutenant, lui dit-il. Avec un pareil abcès, anesthésier ne sert à rien. »

Passé ce moment le plus terrible de sa vie, le maire relâcha la tension de ses muscles et resta épuisé sur le fauteuil, tandis que les signes obscurs peints par l'humidité sur le carton du plafond se fixaient à tout jamais dans sa mémoire. Il entendit le dentiste s'affairer près de la cuvette. Il l'entendit remettre en place les tiroirs et ramasser en silence quelques-uns des instruments répandus sur le sol.

« Rovira! appela le maire. Dis à Gonzalez de venir et replacez-moi tout ça à l'endroit où vous l'avez trouvé. »

Les policiers s'exécutèrent. Le dentiste prit le coton avec une pince, l'imbiba d'un liquide couleur de fer et l'introduisit dans le trou de la gencive. Le maire sentit comme une brûlure légère. Après que le dentiste lui eut fermé la bouche, il garda les yeux fixés sur le plafond, à l'écoute des bruits des policiers qui tentaient de reconstruire de mémoire l'ordre minutieux du cabinet. Deux heures sonnèrent à l'église. Avec une minute de retard, un butor répéta l'heure dans le murmure de la pluie. Peu après, comprenant que leur mission avait pris fin, le maire fit signe à ses hommes de retourner à la caserne.

Le dentiste était resté tout le temps près du fauteuil. Quand les policiers furent sortis, il retira le coton de la gencive. Puis il explora en s'éclairant l'intérieur de la bouche, referma les mâchoires et écarta la lampe. Tout était terminé. Dans la petite pièce torride il ne restait plus que cette impression étrange de malaise qu'éprouvent les balayeurs d'un théâtre après le départ du dernier acteur.

« Ingrat ! » dit le maire.

Le dentiste enfonça les mains dans les poches de son peignoir et recula d'un pas pour le laisser passer. « J'avais l'ordre de raser la maison, poursuivit le maire en le cherchant du regard derrière l'orbite de lumière. J'avais des instructions précises de *trouver* des armes, des munitions et des documents concernant une conspiration à l'échelon national. » Ses yeux encore humides fixèrent le dentiste et il ajouta : « J'avais cru bien faire en désobéissant aux directives, mais je me trompais. Les choses sont en train de changer, l'opposition a des garanties et tout le monde vit en paix mais vous, vous continuez à penser comme un conspirateur. » Le dentiste sécha d'un revers de manche le coussin du fauteuil et le tourna du côté qui n'avait pas été détruit.

« Votre attitude fait du tort au village, continua le maire en montrant le coussin, indifférent au regard songeur que le dentiste braquait sur sa joue. Maintenant, il va falloir que la municipalité paie toute cette casse, et aussi la porte de la rue. Une fortune ! Et tout cela à cause de votre entêtement !

– Gargarisez-vous avec de l'eau de fenugrec », dit le dentiste.

LE juge Arcadio consulta le dictionnaire du Bureau du Télégraphe car plusieurs lettres manquaient au sien. Il n'en tira aucune clarté. *Pasquin : affiche ou pamphlet satirique, du nom d'un savetier de Rome dont les brocards amusaient le peuple...* En toute justice, pensa-t-il, si c'est l'Histoire qui compte, une injure anonyme placardée à la porte d'une maison pourrait aussi bien être baptisée *Marforio*. Il n'était pas déçu. Les deux minutes employées à la consultation lui avaient permis de retrouver pour la première fois depuis longtemps la sérénité que donne le devoir accompli.

Le télégraphiste, qui le vit reposer le dictionnaire sur l'étagère, au milieu des manuels oubliés d'ordonnances et de dispositions sur les Postes et Télégraphes, coupa d'une énergique objurgation la transmission d'un message. Puis il s'approcha en battant des cartes à jouer, prêt à répéter le dernier tour à la mode : celui des cartes que l'on devine. Mais le juge Arcadio prit le large en s'excusant : « Je suis très occupé », et sortit dans la rue torride poursuivi par la vague certitude qu'il était à peine onze heures et que ce mardi lui réservait encore pas mal d'heures à occuper.

Le maire l'attendait dans son bureau, aux prises avec un problème moral. Avant les dernières élections la police avait confisqué et détruit les cartes d'électeur du parti de l'opposition et la plupart des habitants du village manquaient maintenant de pièces d'identité.

« Ces gens qui trimbalent leurs maisons ne savent même pas comment ils s'appellent », conclut le maire en écartant les bras.

Le juge Arcadio comprit que derrière ces bras ouverts s'abritait une sincère désolation. Pourtant le problème du maire était simple : il lui suffisait de solliciter la nomination d'un responsable de l'état civil. Le secrétaire de mairie simplifia, lui, la solution :

« Il vous suffit de le convoquer. Il est nommé depuis presque un an. »

Le maire se souvint. Quelques mois plus tôt, quand on l'avait informé de la nomination d'un responsable de l'état civil, il avait téléphoné là-bas, à la capitale, pour demander comment il devait le recevoir. « A coups de fusil », lui avait-on répondu. Les nouveaux ordres étaient tout autres. Les mains dans les poches, il se tourna vers le secrétaire :

« Ecrivez-lui », dit-il.

Le crépitement de la machine introduisit dans le bureau un dynamisme ambiant qui se répercuta dans la conscience du juge Arcadio. Sa tête lui parut vide. Il sortit de la poche de sa chemise une demi-cigarette et la frotta entre les paumes de ses mains avant de l'allumer. Puis il fit basculer à fond le dossier de son siège et c'est dans cette position que le surprit le certitude définitive qu'il était en train de vivre une grande minute de sa vie.

Il prépara sa phrase avant de la prononcer :

« Moi, à votre place, je nommerais aussi un agent ministériel. »

Contrairement à ce qu'il attendait, le maire ne répondit pas immédiatement. Il regarda sa montre, mais ne vit pas l'heure. Il constata simplement qu'il lui restait beaucoup de temps à tuer avant d'atteindre le moment du déjeuner. Quand il parla, ce fut sans enthousiasme : il ignorait la marche à suivre pour désigner ledit agent.

« Autrefois, il était nommé pas le conseil municipal, expliqua le juge Arcadio. Mais comme il n'y en a plus, le régime de l'état d'urgence vous autorise à le faire vous-même. »

Le maire l'écouta tout en signant la lettre sans la lire. Il se livra ensuite à un commentaire enthousiaste mais le secrétaire ne put retenir une observation de caractère moral au sujet du processus recommandé par son supérieur. Le juge Arcadio insista : il s'agissait d'une mesure d'urgence dans un régime d'urgence.

« Pigé », dit le maire.

Il ôta sa casquette pour s'éventer et le juge Arcadio aperçut la marque qu'elle avait imprimée autour de son front. A la façon qu'avait le maire de s'éventer il sut qu'il n'avait pas fini de réfléchir. De l'ongle long et recourbé de son auriculaire, il détacha la cendre de sa cigarette et attendit.

« Vous connaissez un candidat? » demanda le maire.

De toute évidence, il s'adressait au secrétaire.

« Un candidat, répéta le juge en fermant les yeux.

– Moi, à votre place, je désignerais quelqu'un d'honnête », dit le secrétaire.

Le juge remarqua l'impertinence. « Cela va de soi », dit-il, et il regarda l'un après l'autre les deux hommes.

« Mais qui? dit le maire.

– Je n'ai personne en tête pour l'instant », répondit le juge, pensif.

Le maire se dirigea vers la porte. « Pensez-y, dit-il. Quand nous en aurons fini avec cette emmerde des inondations, nous résoudrons l'emmerde du fonctionnaire. » Le secrétaire resta appuyé sur sa machine jusqu'au moment où le bruit des talons du maire se perdit au loin.

« Il perd la boule, dit-il alors. Voilà un an et demi qu'on a fendu le crâne de l'ancien agent à coups de crosse et maintenant il cherche un candidat pour lui offrir la place. »

Le juge Arcadio se leva d'un bond.

« Je m'en vais, dit-il. Je ne veux pas que tu me gâches mon déjeuner avec tes histoires d'épouvante. »

Il abandonna le bureau. Une sorte de mauvais présage s'insinuait dans cette heure de midi et l'esprit superstitieux du secrétaire le surprit immédiatement. Il eut l'impression de se livrer à un acte interdit en cadenassant la porte. Il prit la fuite. Sur le seuil du Bureau du Télégraphe il retrouva le juge Arcadio qui cherchait à vérifier si le tour de cartes du télégraphiste pouvait, d'une manière ou d'une autre, s'appliquer au poker. Le télégraphiste refusait de lui révéler son secret mais répétait le tour indéfiniment pour offrir au juge la possibilité d'en découvrir la clef. Le secrétaire observa lui aussi le maniement et finit par avoir sa petite idée. Le juge Arcadio, en revanche, ne regardait même pas les trois cartes. Il savait que c'étaient bien celles qu'il avait choisies au hasard que le télégraphiste lui rendait sans les avoir vues.

« C'est une question de magie », dit le télégraphiste.

Le juge Arcadio ne pensait plus qu'à la difficulté de traverser la rue. Quand il se résigna à marcher, il attrapa le bras du secrétaire et l'obligea à s'enfoncer avec lui dans cette atmosphère de verre en fusion. Ils émergèrent dans l'ombre de l'autre trottoir. Alors le secrétaire lui expliqua l'énigme du tour. Elle était si simple que le juge Arcadio se sentit offensé.

Ils marchèrent un moment en silence.

« Naturellement, dit brusquement le juge avec une rancœur injustifiée, vous n'avez pas vérifié les faits. »

Le secrétaire hésita un instant, cherchant à saisir le sens de la phrase.

« C'est très compliqué, finit-il par dire. La plupart des affiches anonymes sont arrachées avant qu'il fasse jour.

– Ce tour-là non plus je ne le comprends pas, dit le juge Arcadio. Moi, une affiche que personne ne lit ne m'empêcherait pas de dormir.

– C'est là toute l'affaire, dit le secrétaire, en s'arrêtant car il était arrivé chez lui. En fait, ce n'est pas ce que disent les affiches qui empêche les gens de dormir, mais la peur qu'ils ont d'en voir une collée sur leur porte. »

Bien qu'ils fussent incomplets, le juge Arcadio voulut connaître les renseignements recueillis par le secrétaire. Il nota les cas, avec les noms et les dates : onze en une semaine. Aucun rapport ne liait entre elles les personnes visées. Ceux qui avaient lu les affiches s'accordaient pour dire qu'elles étaient écrites au pinceau, à l'encre bleue et en lettres d'imprimerie, majuscules et minuscules mêlées, comme rédigées par un enfant. L'orthographe en était si absurde que les fautes paraissaient intentionnelles. Elles ne révélaient aucun secret : rien, dans leur contenu, qui n'appartînt depuis longtemps à la rumeur publique. Le juge avait déjà envisagé toutes les hypothèses quand Moshé le Syrien le héla de sa boutique :

« Avez-vous un peso ? »

Le juge Arcadio ne comprit pas. Mais il retourna ses poches et trouva vingt-cinq centavos et une pièce américaine qui lui servait d'amulette depuis son séjour à l'Université. Moshé le Syrien prit les vingt-cinq centavos.

« Emportez ce qui vous plaît et vous me paierez quand vous voudrez », dit-il. Il fit chanter les pièces dans le tiroir vide : « Je ne veux pas que midi sonne sans avoir fait une seule affaire. »

Et c'est ainsi que, sur le coup de midi, le juge Arcadio rentra chez lui les bras chargés de cadeaux pour sa femme. Il s'assit sur le lit pour changer de chaussures tandis qu'elle se drapait dans un coupon de soie imprimée. Elle imagina son allure quand, après son accouchement, elle étrennerait la robe. Elle embrassa son mari sur le bout du nez. Il essaya de s'esquiver, mais elle s'abattit sur lui et le renversa en travers du lit. Ils restèrent ainsi, immobiles. Le juge Arcadio lui caressa le dos, surprit la chaleur du ventre volumineux et sentit se trémousser les reins de la femme.

Elle leva la tête et murmura, les dents serrées : « Attends. Je vais fermer la porte. »

Le maire attendit qu'on eût fini d'installer la dernière maison. En vingt heures on avait construit une rue nouvelle, large et nue, qui s'arrêtait net au mur du cimetière. Après avoir aidé à replacer les meubles, en travaillant au coude à coude avec les propriétaires, le maire entra tout essoufflé dans la cuisine la plus proche. La soupe mijotait dans un âtre de pierres improvisé à même le sol. Il souleva le couvercle d'argile et huma un instant la fumée qui s'échappa de la marmite. De l'autre côté du foyer, une femme maigre aux grands yeux paisibles l'observait en silence.

« Je déjeune avec vous », dit le maire.

La femme ne répondit pas. Sans y être invité, le maire se servit une assiette de soupe. La femme se rendit alors dans la chambre chercher un siège qu'elle posa pour lui devant la table. Tout en avalant la soupe, le maire examinait la cour avec une sorte d'effroi plein de respect. Hier, c'était encore un terrain vague. Aujourd'hui, du linge séchait sur des cordeaux et deux cochons se vautraient dans la boue.

« Vous pouvez même ensemencer, dit-il.

– Pour que les cochons mangent tout », répondit la femme, sans lever la tête. Puis elle disposa dans la même assiette un morceau de viande bouillie, deux tubercules de manioc et une moitié de banane verte, et déposa l'ensemble sur la table. Ostensiblement, elle mit dans ce geste de générosité toute l'indifférence dont elle était capable. Le maire, en souriant, chercha des yeux ceux de la femme.

« Il y a à manger pour tous, dit-il.

– Que Dieu vous flanque une bonne indigestion! » dit la femme, sans le regarder.

Il ne s'arrêta pas à la malédiction et consacra son énergie à déjeuner, indifférent à la sueur qui ruisselait le long de son cou. Quand son assiette fut vide, la femme l'enleva, toujours sans le regarder.

« Peut-on savoir jusqu'à quand vous allez garder cette attitude? » demanda le maire.

Pas un seul des traits de la femme ne s'altéra :

« Jusqu'à ce que vous ressuscitiez ceux que vous nous avez tués.

– Les choses ont changé, expliqua le maire. Le nouveau gouvernement se soucie du bien-être des citoyens. Vous autres, par contre... »

La femme l'interrompit :

« ... nous restons les mêmes avec les mêmes...

– Un quartier comme celui-ci, construit en vingt-quatre heures, on n'avait jamais vu ça, insista le maire. Nous essayons de devenir un village décent. »

La femme ramassa le linge étendu sur le fil et l'emporta dans la chambre. Le maire la suivit du regard.

« C'était un village décent avant que vous n'arriviez », lui répliqua-t-elle.

Il n'attendit pas le café. « Ingrats, dit-il. Nous vous donnons la terre et vous geignez encore. » La femme ne répondit pas. Mais quand le maire traversa la cuisine en direction de la rue, elle murmura, penchée sur l'âtre :

« Ici, ça va être pire. Mais n'ayez crainte : nous nous souviendrons de vous, avec les morts dans l'arrière-cour. »

Le maire essaya de faire la sieste en attendant l'arrivée des bateaux. Mais la chaleur était trop forte. Sa fluxion commençait à diminuer et pourtant il ne se sentait pas bien. Durant deux heures, il suivit le cours presque insensible du fleuve en écoutant le crissement d'une cigale dans la pièce. Il ne pensait à rien.

Quand il entendit les moteurs des vedettes il se déshabilla, épongea sa sueur avec une serviette et changea d'uniforme. Puis il chercha la cigale, la saisit entre le pouce et l'index et sortit dans la rue. De la foule qui attendait les bateaux surgit un enfant propre et bien vêtu qui lui barra la route avec une mitrailleuse en plastique. Le maire lui tendit la cigale.

Un moment plus tard, assis dans la boutique de Moshé le Syrien, il observa la manœuvre des vedettes. Le port bouillonna durant dix minutes. Le maire sentit une douleur d'estomac et un début de migraine et se souvint de la malédiction de la femme. Il retrouva sa tranquillité en regardant les voyageurs qui traversaient la passerelle de bois et défroissaient leurs muscles après huit heures d'immobilité.

« Toujours le même bordel », dit-il.

Moshé le Syrien lui fit constater une nouveauté : un cirque débarquait. Le maire en eut la certitude, sans pouvoir dire pourquoi, peut-être à cause des mâts et des chiffons bariolés qu'il apercevait entassés sur la cabine du bateau, et de deux femmes exactement semblables boudinées dans des robes à fleurs identiques, comme une image qu'une glace renvoie à son modèle.

« Au moins, un cirque arrive », murmura-t-il.

Moshé le Syrien parla de fauves et de jongleurs. Mais le cirque inspirait au maire une autre réflexion. Les jambes allongées, il regarda les pointes de ses bottes :

« Le village progresse », dit-il.

Moshé le Syrien cessa de s'éventer. « Sais-tu combien on a dépensé aujourd'hui dans cette boutique ? », demanda-t-il. Le maire ne risqua aucun chiffre mais attendit la réponse.

« Vingt-cinq centavos », dit le Syrien.

Au même instant, le maire vit le télégraphiste qui ouvrait le sac postal pour remettre sa correspondance au docteur Giraldo. Il l'appela. Le courrier officiel était acheminé dans une enveloppe à part. Il en brisa les cachets et se rendit compte qu'elle ne contenait que des communiqués de routine et des imprimés de propagande. Leur lecture terminée, le quai avait changé d'aspect; il s'était rempli de ballots de marchandises, de cageots de volailles et des mystérieux engins du cirque. L'après-midi s'avançait. Le maire se releva en soupirant :

« Vingt-cinq centavos.

– Vingt-cinq centavos », répéta le Syrien d'une voix forte, presque sans respirer.

Le docteur Giraldo suivit jusqu'au bout le déchargement des bateaux. Ce fut lui qui attira l'attention du maire sur une femme robuste à l'allure hiératique et aux bras couverts de bracelets. Elle paraissait attendre le Messie sous une ombrelle aux couleurs vives.

Le maire ne se creusa pas la cervelle :

« Ce doit être la dompteuse, dit-il.

– D'une certaine manière, vous avez raison, dit le docteur Giraldo en mordant ses mots entre un double rang de fausses dents tranchantes. C'est la belle-mère de César Montero. »

Le maire pousuivit sa route. Il regarda sa montre : quatre heures moins vingt-cinq. A la porte de la caserne, le garde l'informa que le père Angel l'avait attendu une demi-heure et qu'il reviendrait à quatre heures.

A nouveau dans la rue et sans but précis, il aperçut le dentiste à la fenêtre de son cabinet et s'approcha pour lui demander du feu. Le dentiste lui en tendit et observa la joue enflée.

« Maintenant ça va », dit le maire.

Il ouvrit la bouche. Le dentiste constata :

« Il en reste plusieurs à recouvrir. »

Le maire rajusta son revolver dans son ceinturon. « Je reviendrai vous voir », décida-t-il. Le dentiste demeura imperturbable :

« Venez quand vous voudrez. Comme ça, nous saurons si mon désir de vous voir mourir chez moi se réalise. »

Le maire lui tapa sur l'épaule. « Vous n'aurez pas ce plaisir », commenta-t-il de bonne humeur. Et il conclut, les bras ouverts : « Mes dents sont au-dessus des partis! »

« Alors, tu ne te maries pas? »

La compagne du juge Arcadio écarta les jambes.

« Aucun espoir, mon père, répondit-elle. Et moins encore maintenant que je vais lui donner un garçon. » Le père Angel détourna les yeux en direction du fleuve. Une vache noyée, énorme, descendait au fil du courant, avec plusieurs charognards perchés sur elle.

« Mais ce sera un enfant illégitime, dit-il.

— Et alors? Arcadio me traite bien. Si on lui met la corde au cou, il va réagir et c'est moi qui écoperai. »

Elle avait ôté ses souliers et parlait les genoux ouverts, les doigts à cheval sur le barreau du tabouret. Son éventail posé au creux des cuisses, elle croisait les bras sur son ventre volumineux. « Aucun espoir, mon père, répéta-t-elle, en voyant que le père Angel restait silencieux. Don Sabas m'a achetée deux cents pesos, il a abusé de moi trois mois, puis il m'a jetée à la rue sans un sou. Si Arcadio ne m'avait pas recueillie, je serais morte de faim. » Elle regarda le curé pour la première fois :

« Ou alors il aurait fallu que je me fasse putain. »

Le père Angel insistait depuis six mois.

« Tu dois l'obliger à se marier et à fonder un foyer, dit-il. Votre façon de vivre non seulement te met dans une situation précaire, elle constitue un mauvais exemple pour le village.

— Il vaut mieux faire les choses franchement, rétorqua-t-elle. Nous ne sommes pas les seuls, mais les autres, eux, se cachent. Vous n'avez pas lu les affiches anonymes?

— Des calomnies, dit le curé. Tu dois régulariser

ta situation et te mettre à l'abri des mauvaises langues.

– Moi? dit-elle. Je n'ai à me mettre à l'abri de rien du tout car j'agis au grand jour. La preuve, c'est que personne ne perd son temps à coller une affiche sur ma porte alors que toutes les bonnes familles de la place en ont déjà eu une sur la leur.

– Tu n'es pas futée, dit le curé. Mais Dieu t'a accordé la chance de rencontrer un homme qui t'estime. C'est pourquoi tu dois te marier et sanctifier ton foyer.

– Je n'y comprends que couic à toutes vos histoires mais je sais une chose, c'est que j'ai où dormir et aussi de quoi manger.

– Et s'il t'abandonne? »

Elle se mordit les lèvres et sourit d'un air mystérieux :

« Il ne m'abandonnera pas, mon père. Et je sais pourquoi je vous le dis. »

Cette fois encore, le père Angel ne se tint pas pour vaincu. Il lui recommanda d'assister au moins à la messe. Elle répondit qu'elle le ferait « un de ces jours » et le curé continua sa promenade en attendant l'heure de son rendez-vous avec le maire. Un des Syriens lui fit la remarque qu'il faisait beau mais il n'y prêta pas attention. Il s'intéressa en revanche au spectacle du cirque qui débarquait ses fauves nerveux dans la lumière de l'après-midi. Et cela jusqu'à quatre heures.

Le maire prenait congé du dentiste quand il vit s'approcher le père Angel. « Ponctuels! dit-il et il lui serra la main. Ponctuels, même s'il ne pleut pas.

– Et même si ce n'est pas la fin du monde »,
répliqua le père Angel, décidé à monter l'escalier
abrupt de la caserne.

Deux minutes plus tard, il était introduit dans la
pièce occupée par César Montero.

Tout le temps que dura la confession, le maire
attendit assis dans le couloir. Il se souvint du
cirque, d'une femme suspendue par les dents à une
lanière, à cinq mètres au-dessus du vide, tandis
qu'un homme en uniforme bleu brodé d'or jouait
du tambour. Une demi-heure s'était écoulée lorsque le père Angel réapparut.

« Terminé ? » demanda le maire.

Le père Angel le regarda avec rancœur :

« Vous êtes en train de commettre un crime.
Voilà plus de cinq jours que cet homme n'a pas
mangé. Seule sa constitution physique lui a permis
de résister.

– C'est lui qui le veut, dit le maire, d'une voix
tranquille.

– Pas sûr, dit le curé, qui imprégna la sienne
d'une sereine énergie. Vous avez donné l'ordre
qu'on le laisse jeûner. »

Le maire pointa vers lui son index :

« Attention, mon père ! Vous violez le secret de
la confession.

– La confession n'a rien à voir là-dedans », dit le
curé.

Le maire se redressa d'un bond. « Ne vous
fâchez pas, dit-il, en se mettant à rire. Si cela vous
tracasse, nous allons dès maintenant y remédier. »
Il fit venir un policier et lui ordonna d'aller à
l'hôtel chercher un repas pour César Montero.
« Qu'on lui serve un poulet bien dodu, avec des

pommes de terre et une assiette de salade », dit-il, et il ajouta, en s'adressant au curé :

« Et tout cela aux frais de la mairie, mon père. Pour que vous voyiez comme les choses ont changé. »

Le père Angel baissa la tête.

« Quand le transférez-vous ?

– Les bateaux s'en vont demain. Si, ce soir, il devient raisonnable, il pourra partir. Il faut simplement qu'il comprenne que je fais un geste.

– Un geste plutôt cher, dit le curé.

– Il n'existe pas de geste qui n'en coûte un peu à qui en bénéficie », dit le maire. Ses yeux se plantèrent dans les yeux bleus diaphanes du père Angel :

« J'espère que vous le lui avez fait comprendre. »

Le père Angel ne répondit pas. Il descendit l'escalier et, sur le palier, prit congé avec un mugissement sourd. Le maire traversa le couloir et entra sans frapper dans la chambre-prison de César Montero.

C'était une pièce modeste : une fontaine et un lit de fer. César Montero, qui ne s'était pas rasé et portait les vêtements avec lesquels il avait quitté son domicile le mardi précédent, était affalé sur le lit. Il ne remua même pas les yeux quand il entendit le maire lui dire : « Maintenant que tu as réglé tes comptes avec Dieu, il est normal que tu les règles avec moi. » Poussant une chaise vers le lit, le maire s'assit à cheval sur celle-ci, la poitrine contre le dossier d'osier. César Montero concentra son attention sur les poutres du plafond. Il ne semblait pas préoccupé même si les commissures de ses lèvres trahissaient les ravages d'une longue conversation avec lui-même. « Toi et moi nous ne devons pas tourner autour du pot, poursuivait le maire. Tu pars demain. Si tu as de la chance, un enquêteur débarquera ici dans deux ou trois mois. Ce sera à nous de le renseigner. Quand la vedette le remportera, une semaine plus tard, il repartira convaincu que ce que tu as fait n'était qu'une stupidité. »

Il s'arrêta. César Montero restait imperturbable.

« Ensuite, entre les tribunaux et les avocats, il te faudra cracher au moins vingt mille pesos. Et même beaucoup plus, si l'enquêteur se charge de leur dire que tu es millionnaire. »

César Montero tourna la tête dans sa direction. Ce fut un mouvement presque imperceptible qui, pourtant, fit crisser les ressorts du lit.

« De toute façon, en supposant que tout aille bien, poursuivit le maire qui avait pris la voix d'un directeur de conscience, on te fera perdre deux ans en formalités et paperasserie. »

Il sentit qu'on l'examinait des pieds à la tête. Quand le regard de César Montero rejoignit le sien, il n'avait pas fini de parler. Mais il avait changé de ton.

« Tout ce que tu possèdes, tu me le dois, disait-il. J'avais reçu la consigne de te liquider. L'ordre de t'assassiner dans une embuscade et de confisquer tes bêtes pour que le gouvernement puisse payer les frais énormes de sa campagne électorale dans le département. D'autres maires l'ont fait, tu le sais. Ici, par contre, nous n'avons pas appliqué les instructions. »

César Montero réfléchissait : le maire en percevait les premiers signes. Il écarta les jambes. Les
bras appuyés au dossier de la chaise, il répondit à
une critique non formulée à haute voix par son
interlocuteur :

« Et je n'ai pas touché un seul centavo de ce que
tu as payé pour sauver ta peau. Tout a servi à
l'organisation des élections. Le nouveau gouvernement a décidé qu'il y aurait la paix et des garanties
pour tous et moi je continue à crever avec mon
salaire minable tandis que tu pourris, toi, dans le
fric. Oui, vraiment, tu as fait là une bonne
affaire ! »

César Montero entreprit la délicate opération de
se relever. Quand il fut debout, le maire se vit tel
qu'il était : minuscule et triste devant cette bête
monumentale. Une sorte de ferveur passa dans le
regard avec lequel il le suivit jusqu'à la fenêtre.

« La meilleure affaire de ta vie », murmura-t-il.

La fenêtre donnait sur le fleuve. César Montero
ne le reconnut pas. Il crut qu'il se trouvait dans un
village différent, devant un fleuve occasionnel. « Je
suis en train d'essayer de t'aider, disait le maire
dans son dos. Nous savons tous qu'il s'est agi
d'une affaire d'honneur, mais tu auras du mal à le
prouver. Tu as commis la maladresse de déchirer
l'affiche anonyme. » Au même instant, un relent
nauséabond envahit la pièce.

« C'est la vache, dit le maire. Elle a dû venir
échouer pas loin d'ici. »

César Montero demeura devant la fenêtre, indifférent à l'odeur de putréfaction. Il n'y avait personne dans la rue. Sur les trois vedettes ancrées au
bord du quai, les marins accrochaient les hamacs

pour passer la nuit. Demain, à sept heures du matin, la vision serait différente : durant une demi-heure, un grand branle-bas agiterait le port, en attendant l'embarquement du prisonnier. César Montero soupira. Il enfonça les mains dans ses poches et, résolument, mais sans hâte, résuma en deux mots sa pensée :

« Alors, combien ?

— Cinq mille pesos en veaux d'un an.

— J'y ajoute cinq veaux pour que tu m'expédies ce soir-même, après le cinéma, sur une vedette spéciale », dit César Montero.

LE bateau actionna sa sirène, vira au milieu du fleuve, et la foule rassemblée sur le quai, et les femmes aux fenêtres, virent pour la dernière fois Rosario Montero, assise près de sa mère sur cette même malle de fer-blanc avec laquelle, sept ans plus tôt, elle avait débarqué au village. Le docteur Octavio Giraldo, qui se rasait à la fenêtre de son cabinet, eut l'impression que ce voyage était, d'une certaine façon, celui du retour à la réalité.

Le médecin l'avait vue le soir de son arrivée, dans son uniforme strict d'institutrice, chaussée comme un homme, cherchant dans le port le commissionnaire qui transporterait au meilleur prix sa malle jusqu'à l'école. Elle semblait disposée à vieillir sans ambitions dans ce village dont elle avait découvert le nom – comme elle-même le racontait – sur le papier qu'elle avait sorti d'un chapeau le jour où l'on avait tiré au sort, devant onze postulantes, les six postes disponibles. Elle s'était installée dans une petite chambre de l'école, avec pour tout mobilier un lit de fer et une fontaine, et consacrait ses heures de liberté à broder des nappes tandis que la bouillie de maïs mijotait sur le réchaud à alcool. La même année, à Noël, elle avait connu César Montero au cours d'une fête scolaire. C'était un célibataire endurci, qui avait fait fortune dans l'exploitation des bois et vivait dans la forêt vierge, entouré de chiens sauvages; l'homme n'apparaissait qu'occasionnellement au village, toujours mal rasé, avec des bottes à talons ferrés et un fusil de chasse. Tout s'était passé comme si elle avait à nouveau tiré d'un chapeau le bon papier, pensait le docteur Giraldo, le visage barbouillé de mousse de savon, lorsqu'une odeur pestilentielle l'arracha à ses souvenirs.

Une bande de charognards effrayés par les hautes vagues du bateau s'éleva de la rive d'en face. Le relent de pourriture demeura un moment sur le quai, se berça dans la brise matinale et entra jusqu'au fond des maisons.

« Ça continue, bordel de merde! s'écria le maire, du balcon de sa chambre, en regardant s'envoler les charognards. Quelle vache de malheur! »

Il se boucha le nez avec un mouchoir, entra dans la chambre et referma la fenêtre du balcon. L'odeur persistait. Sans enlever sa casquette, il pendit la glace à un clou du mur et entreprit avec mille précautions de raser sa joue encore endolorie. Un moment plus tard, le directeur du cirque frappa à la porte.

Le maire le fit asseoir, l'observant dans la glace pendant qu'il se rasait. Il était vêtu d'une chemise à carreaux noirs, d'un pantalon de cheval serré dans des houseaux et se frappait le genou à petits coups de cravache.

« J'ai déjà reçu une plainte contre vous, dès hier soir, dit le maire en essayant de déblayer au rasoir les chaumes de deux semaines de désespoir.

– Et pourquoi?

– Parce que vous envoyez les gosses voler des chats.

– Permettez, dit le directeur. Nous achetons un peso chaque chat qu'on nous apporte, sans demander d'où il provient. Pour nourrir nos fauves.

– Et vous les leur jetez vivants?

– Ah! non, protesta le directeur. Cela réveillerait l'instinct de cruauté de nos animaux. »

Après s'être lavé, le maire se tourna vers lui en se frottant le visage avec la serviette. Il n'avait pas encore remarqué que l'autre portait des bagues ornées de pierres de couleurs à presque tous les doigts.

« Eh bien, vous allez devoir inventer autre chose, dit-il. Chassez des caïmans, si cela vous fait plaisir, ou profitez du poisson qui grouille dans nos eaux à cette époque. Mais des chats vivants, pas question! »

Le directeur haussa les épaules et suivit le maire dans la rue. Des hommes bavardaient par petits groupes sur le quai, indifférents à la puanteur que répandait la vache enchevêtrée dans les herbiers de l'autre rive.

« Pédés! cria le maire. Au lieu de rester là à cancaner comme des commères, vous auriez dû organiser depuis hier soir une équipe pour nous débarrasser de cette carcasse. »

Quelques hommes entourèrent le maire, qui proposa :

« J'offre cinquante pesos à qui m'apportera au bureau dans moins d'une heure les cornes de cette vache. »

Des cris éclatèrent au bout du môle. Quelques-uns de ceux qui avaient entendu la proposition sautaient dans les canots et se lançaient des défis sonores en détachant les amarres. « Cent pesos, doubla le maire, enthousiasmé. Cinquante par corne. » Il entraîna le directeur jusqu'à l'extrémité du quai. Tous deux attendirent que les premières embarcations eussent atteint le sable de la berge opposée. Alors, le maire se tourna en souriant vers le directeur.

« C'est un village heureux », dit-il.

Le directeur approuva de la tête. « Mais nous manquons d'occasions comme celle-ci, poursuivit-il. Les conneries guettent trop souvent les désœuvrés. » Les enfants se pressaient maintenant nombreux autour d'eux.

« Voici le cirque », dit le directeur.

Le maire le traînait par le bras vers la place.

« Votre programme ? demanda-t-il.

— Nous présentons toutes sortes de numéros, pour les petits et pour les grands.

— Cela ne suffit pas. Ce qu'il faut, c'est les mettre à la portée de tous.

— Nous y avons songé », dit le directeur.

Derrière le cinéma se trouvait le terrain vague où l'on avait commencé à dresser le chapiteau. Des hommes et des femmes à l'air taciturne sortaient frusques et fards de malles aux garnitures de fantaisie. En accompagnant le directeur à travers ce salmigondis d'êtres humains et de babioles et en serrant les mains de tous, le maire eut l'impression de se trouver sur un navire en perdition. Une femme plantureuse, aux gestes énergiques et aux dents presque toutes chaussées d'or, lui prit la main et l'examina :

« Je vois une chose bizarre dans votre avenir. »

Le maire retira sa main mais ne put réprimer un sentiment passager de découragement. Le directeur chassa la femme d'un petit coup de cravache sur le bras. « Laisse en paix le lieutenant », lui dit-il sans s'arrêter, en entraînant le maire vers le fond du terrain vague où logeaient les fauves.

« Vous croyez aux lignes de la main ?

– Parfois, dit le maire.

– Moi, on n'a pas réussi à me convaincre, dit le directeur. Quand on plonge trop dans ce bain-là, on finit par ne plus croire qu'à la volonté humaine. »

Le maire regarda les animaux assoupis par la chaleur. Les cages exhalaient une vapeur aigre et chaude et on surprenait une sorte d'anxiété sans espoir dans la respiration lente des fauves. Le directeur caressa de sa cravache les moustaches d'un léopard qui se tortilla, câlin et gémissant.

« Vous l'appelez comment ? demanda le maire.

– Aristote.

– Je parle de la femme, précisa le maire.

– Ah ! fit le directeur. Elle, c'est Cassandre, le miroir de l'avenir. »

Le maire prit un air désolé.

« J'aimerais coucher avec elle, dit-il.

– Mais tout est possible », dit le directeur.

La veuve Montiel ouvrit les rideaux de sa chambre en murmurant : « Pauvres petits hommes. » Elle remit à leur place les objets de la table de nuit, rangea dans le tiroir son chapelet et son missel et nettoya les semelles de ses babouches mauves sur la peau de tigre étendue devant le lit. Après quoi elle fit le tour complet de la pièce, fermant à clef la coiffeuse, les trois portes de l'armoire et une commode carrée sur laquelle il y avait un saint Raphaël en plâtre, et verrouilla la chambre.

En descendant le grand escalier aux carreaux de faïence ornés de labyrinthes, elle songea à l'étrange destin de Rosario Montero. Quand, à travers les barreaux de son balcon, elle l'avait vue disparaître au coin du port, avec son allure d'écolière appliquée à qui l'on a appris à ne pas tourner la tête, la veuve Montiel avait pressenti qu'une chose qui avait commencé à prendre fin depuis longtemps allait s'achever définitivement.

L'effervescence de la cour, avec son ambiance de marché, la surprit sur le palier. D'un côté de la balustrade, des fromages enveloppés dans des feuilles fraîches s'alignaient sur des claies; plus avant, dans une galerie extérieure, s'entassaient des sacs de sel et des outres de miel et, au fond, on apercevait l'écurie avec des mules, des chevaux et des selles sur les traverses. La maison était imprégnée d'une odeur persistante de bêtes de somme qui se mêlait à une autre odeur de cuirs et de canne à sucre broyée.

Dans le bureau, la veuve souhaita le bonjour à M. Carmichaël qui séparait des liasses de billets sur son écritoire tout en vérifiant les comptes sur le livre de caisse. Lorsqu'elle ouvrit la fenêtre donnant sur le fleuve, la lumière de neuf heures entra dans la salle encombrée d'un bric-à-brac de bibelots sans valeur, parmi de vastes fauteuils recouverts de housses grises et surmontés d'une grande photo de José Montiel dans un cadre barré d'un ruban noir. La veuve renifla le relent de pourriture avant de découvrir les embarcations sur le sable de la rive opposée.

« Qu'est-ce qu'ils font là-bas?

– Ils sont en train de déloger une vache morte, répondit M. Carmichaël.

– C'était donc cela, dit la veuve. Toute la nuit, j'ai rêvé et cette odeur m'a poursuivie. » Elle regarda M. Carmichaël que son travail absorbait et ajouta : « Il ne nous manque plus que le déluge! »

M. Carmichaël parla sans lever la tête :

« Cela fait quinze jours qu'il a commencé.

– En effet, admit la veuve. Et maintenant, nous touchons au terme. Il ne nous reste plus qu'à nous étendre au fond du trou et à attendre que la mort vienne, au grand soleil ou sous la lune. »

M. Carmichaël l'écoutait sans interrompre ses comptes. « Autrefois, nous nous plaignions car nous trouvions qu'il ne se passait rien dans ce village, poursuivit la veuve. Et brusquement la tragédie a commencé, comme si Dieu avait décidé de nous envoyer d'un coup tout ce qui depuis tant d'années n'arrivait plus. »

Du coffre-fort où il se trouvait en cet instant, M. Carmichaël se retourna pour la regarder et la vit accoudée à la fenêtre, les yeux rivés sur l'autre berge. Elle portait une robe noire aux manches tombant jusqu'aux poignets et se mordillait les ongles.

« Les choses vont s'arranger après les pluies, dit M. Carmichaël.

– Les pluies vont continuer, prophétisa la veuve. Un malheur n'arrive jamais seul. Vous n'avez pas vu Rosario Montero ? »

M. Carmichaël l'avait vue. « C'est un scandale injustifié, dit-il. Si on prête l'oreille aux affiches anonymes on finit par perdre la boule.

– Les affiches, soupira la veuve.

– Moi, on ne m'a pas oublié », dit M. Carmichaël.

Elle s'approcha de l'écritoire, l'air stupéfait :

« Vous ?

– Moi, confirma M. Carmichaël. On en a collé une grande comme une affiche de cinéma sur ma porte, samedi dernier. Et détaillée. »

La veuve poussa une chaise jusqu'à l'écritoire. « Quelle infamie ! s'écria-t-elle. On ne peut rien reprocher à une famille exemplaire comme la vôtre. » M. Carmichaël ne se montrait pas troublé.

« Ma femme est blanche, alors nous avons eu des enfants de toutes les couleurs, expliqua-t-il. Imaginez : onze enfants.

– Naturellement, dit la veuve.

– Eh bien, l'affiche disait que j'étais seulement le père des enfants noirs. Et on donnait la liste des autres pères. Même don José Montiel, Dieu ait son âme ! y figurait.

– Mon mari !

– Le vôtre et ceux de quatre autres grandes dames », dit M. Carmichaël.

La veuve se mit à sangloter. « Heureusement, mes filles sont loin. Elles disent qu'elles ne veulent pas revenir dans ce pays de sauvages où l'on assassine les étudiants dans la rue, et moi je leur réponds qu'elles ont raison, qu'elles restent à Paris à tout jamais. » M. Carmichaël fit un demi-tour sur sa chaise : un épisode embarrassant et quotidien recommençait.

« Vous n'avez pas à vous soucier, dit-il.

— Ah! si! larmoya la veuve. J'ai été la première à devoir plier bagages, oui, à m'éloigner de ce village, au risque de rendre ces terres à l'abandon après des jours entiers d'un labeur qui ressemble fort à de la malédiction. Non, monsieur Carmichaël : je ne veux pas de pots de chambre en or pour y cracher le sang. »

M. Carmichaël essaya de la consoler.

« Vous devez faire face à vos responsabilités, dit-il. On n'a pas le droit de jeter une fortune par la fenêtre. .

— L'argent est le crottin du diable, dit la veuve.

— Mais, dans le cas présent, il est aussi le fruit du dur travail de don José Montiel. »

La veuve se mordit les doigts.

« Rien n'est moins sûr, vous le savez bien, répliqua-t-elle. Il s'agit d'argent mal acquis et José Montiel a été le premier à le payer en mourant sans confession. »

Ce n'était pas la première fois qu'elle le disait.

« Bien entendu, c'est la faute de ce criminel, s'écria-t-elle en montrant le maire qui passait sur le trottoir d'en face au bras du directeur du cirque. Mais c'est à moi qu'il revient d'expier. »

M. Carmichaël l'abandonna. Il déposa dans un

carton à chaussures les liasses de billets retenus par des élastiques et, de la porte de la cour, appela les péons par ordre alphabétique.

Les hommes recevaient la paie du mercredi et la veuve Montiel les entendait passer sans répondre à leur salut. Elle vivait seule dans la ténébreuse demeure où était morte la Grande Mémé et que José Montiel avait achetée sans supposer que sa veuve devrait y endurer la solitude jusqu'à son dernier soupir. La nuit, quand, la bombe à insecticide à la main, elle parcourait les neuf chambres vides, elle rencontrait la Grande Mémé en train d'écraser des poux dans les couloirs et lui demandait : « Mais quand vais-je mourir ? » Pourtant, cette communication heureuse avec l'au-delà n'avait réussi qu'à accroître son incertitude, car les réponses qu'elle recevait, comme celles de tous les morts, étaient stupides et contradictoires.

Peu après onze heures, la veuve vit à travers ses larmes le père Angel qui traversait la place. « Monsieur le curé », appela-t-elle, en sentant qu'elle faisait un ultime effort. Mais le père Angel ne l'entendit pas. Il venait de frapper chez la veuve Asís, sur l'autre trottoir, et la porte s'était entrouverte discrètement pour le laisser passer.

Dans le corridor débordant de chants d'oiseaux, la veuve Asís gisait sur une chaise de toile, la tête couverte d'un mouchoir imbibé d'eau de Cologne. A la façon dont on avait frappé, elle avait reconnu le père Angel mais prolongea son soulagement momentané jusqu'au moment où elle entendit son salut. Elle découvrit alors son visage ravagé par l'insomnie.

« Pardonnez-moi, mon père. Mais je ne vous attendais pas si tôt. »

Le père Angel ignorait qu'on l'avait fait venir pour déjeuner. Il s'excusa, un peu embarrassé, en disant que lui aussi avait passé la matinée avec la migraine et qu'il avait préféré traverser la place avant la grosse chaleur.

« Bon, bon, admit la veuve. Je voulais simplement dire que j'étais comme une vraie loque. »

Le curé sortit de sa poche un missel tout débroché. « Si vous le voulez, vous pouvez vous reposer encore un peu pendant que je prie », dit-il. La veuve refusa.

« Ça va mieux », dit-elle.

Elle marcha jusqu'à l'extrémité du corridor, les yeux fermés et, au retour, étendit méticuleusement le mouchoir sur le bras de la chaise pliante. Quand elle s'assit devant le père Angel, elle semblait avoir rajeuni de plusieurs années.

« Mon père, dit-elle sans dramatiser, j'ai besoin que vous m'aidiez. »

Le père Angel rentra son bréviaire dans sa poche.

« Je suis à vos ordres.

– Il s'agit à nouveau de Roberto Asis. »

Contredisant sa promesse d'oublier l'affiche anonyme, Roberto Asis était parti la veille en leur disant « Au revoir. A samedi ! », mais le soir même était revenu sans crier gare à la maison. Depuis, et jusqu'à l'aube où la fatigue l'avait vaincu, il était resté assis dans l'obscurité, attendant l'hypothétique amant de son épouse.

Le père Angel l'écouta, perplexe.

« La chose est sans fondement, dit-il.

« Vous ne connaissez pas les Asis, mon père. Ils ont l'enfer dans l'imagination.

– Rébecca sait ce que je pense des affiches anonymes. Mais si vous le souhaitez, je peux en parler à Roberto Asis.

– Surtout pas, dit la veuve. Gardons-nous de verser de l'huile sur le feu. Par contre, si dimanche, dans votre sermon, vous faites allusion aux affiches, je vous garantis que cela fera réfléchir Roberto. »

Le père Angel écarta les bras.

« Impossible, s'écria-t-il. Ce serait leur donner une importance qu'elles n'ont pas.

– Rien n'est plus important que d'éviter un crime.

– Vous croyez qu'il commettrait une folie pareille ?

– Non seulement je le crois, dit la veuve. Mais je suis sûre que même en m'y opposant de toutes mes forces, je n'arriverais pas à l'en empêcher. »

Un moment plus tard, ils s'assirent à table. Une servante aux pieds nus apporta du riz aux haricots, des légumes en ragoût et un plat de croquettes de viandes enrobées d'une sauce brune épaisse. Le père Angel se servit en silence. La saveur piquante du poivre, le silence de la maison et l'impression de désarroi qui taquinait son cœur en cet instant le transportèrent dans la nudité de sa chambrette de jeune curé sans expérience, à Macondo, en plein midi brûlant. Par un jour comme celui-ci, poussiéreux et chaud, il avait refusé de donner une sépulture chrétienne à un pendu que les durs habitants de Macondo ne voulaient pas enterrer.

Il dégrafa le col de sa soutane pour libérer la sueur.

« C'est bien, dit-il à la veuve. Dans ces conditions, je compte sur vous pour que Roberto Asis ne manque pas la messe de dimanche. »

La veuve Asis le lui promit.

Le docteur Giraldo et son épouse, qui ne faisaient jamais la sieste, occupèrent l'après-midi à lire un conte de Dickens. Ils se tenaient sur la terrasse intérieure; lui, dans un hamac, écoutait, les doigts entrelacés sous la nuque; elle, avec le livre sur les genoux, lisait, tournant le dos aux losanges de lumière dans lesquels flambaient les géraniums. Elle le faisait sans passion, avec une emphase professionnelle, hiératique sur sa chaise. Elle ne releva la tête qu'après le point final et même alors demeura assise, le livre ouvert devant elle, tandis que son mari se lavait dans la cuvette de la fontaine. La chaleur annonçait de l'orage.

« C'est une nouvelle? » demanda-t-elle, après une longue réflexion.

Avec des gestes minutieux appris en salle de chirurgie, le médecin sortit la tête de la cuvette. « On dit que c'est un court roman, commenta-t-il en aspergeant ses cheveux de brillantine devant la glace. Pour moi, c'est plutôt une longue nouvelle. » Il se massa le crâne, en concluant :

« Les critiques, eux, diront que c'est un long petit roman. »

Sa femme l'aida à enfiler son costume de lin blanc. On aurait pu la prendre pour sa sœur aînée, non seulement à cause du dévouement serein dont elle l'entourait mais aussi de la froideur de ses yeux qui la faisait paraître plus âgée. Avant de sortir, le docteur Giraldo lui indiqua les noms des malades et l'ordre de ses rendez-vous, s'il devait être appelé pour un cas d'urgence, et tourna les aiguilles de la pendule publicitaire installée dans la salle d'attente : *Le docteur revient à cinq heures.*

La rue bourdonnait sous l'effet de la chaleur. Le docteur Giraldo emprunta le trottoir situé à l'ombre, poursuivi par un pressentiment : malgré l'hostilité de l'atmosphère il ne pleuvrait pas ce soir-là. La stridulation des cigales rendait plus aiguë la solitude du port, mais le cadavre de la vache avait été remué et entraîné par le courant et l'odeur de pourriture avait laissé dans l'air un énorme vide.

Le télégraphiste le héla du seuil de l'hôtel.

« Avez-vous reçu votre télégramme ? »

Le docteur Giraldo n'avait rien reçu.

« *Avisez conditions expédition, signé Arcophan*, cita de mémoire le télégraphiste.

Ils se rendirent au bureau. Tandis que le médecin écrivait une réponse, l'employé se mit à dodeliner de la tête.

« L'acide chlorhydrique », expliqua le médecin, sans grande conviction scientifique. Et oubliant son pressentiment, il ajouta, consolateur, quand il eut fini d'écrire : « Il pleuvra peut-être ce soir. »

Le télégraphiste compta les mots. L'attention du médecin était ailleurs. Un livre volumineux ouvert près du manipulateur l'intriguait. Il demanda si c'était un roman.

« *Les Misérables*, Victor Hugo », télégraphia le télégraphiste. Il apposa un cachet sur la copie du télégramme et ressortit de l'autre côté du guichet avec le livre. « Je crois que ce bouquin-là nous mènera jusqu'en décembre. »

Depuis des années le docteur Giraldo savait que le télégraphiste occupait ses heures de liberté à transmettre des poèmes à sa collègue de San Bernardo del Viento. Il ignorait qu'il lût aussi des romans.

« Ça, c'est du sérieux, dit-il en feuilletant le volumineux pavé tout écorné qui éveilla dans son souvenir des émotions confuses d'adolescent. Alexandre Dumas serait plus approprié.

— C'est celui-là qu'elle aime, expliqua le télégraphiste.

— Tu as fait sa connaissance ? »

Le télégraphiste nia de la tête.

« Non, mais c'est pareil. Je la reconnaîtrais où qu'elle soit à la façon qu'elle a de faire trembler les *r*. »

Cet après-midi-là aussi le docteur Giraldo réserva une heure à don Sabas. Il le trouva au lit, exténué, enveloppé jusqu'à la taille dans une serviette.

« Ces bonbons, ça vous a tenté ? demanda le médecin.

— C'est la chaleur, se lamenta don Sabas, en retournant vers la porte son corps de baleine. J'ai fait mon injection après le déjeuner. »

Le docteur Giraldo ouvrit sa trousse sur une table placée à cet usage devant la fenêtre. Les cigales stridulaient dans la cour et la chambre avait une température de serre. Don Sabas, assis, urina à petits jets langoureux. Quand le médecin eut recueilli dans le tube de verre un peu de liquide ambré, le malade se sentit réconforté. Il dit, en suivant des yeux l'analyse :

« Attention, docteur. Je ne veux pas mourir avant de connaître la fin du roman. »

Le docteur Giraldo laissa tomber une pastille bleue dans l'urine.

« Quel roman?

– Les affiches anonymes. »

Don Sabas l'accompagna d'un regard tranquille jusqu'au moment où il acheva de chauffer l'éprouvette sur le réchaud à alcool et la renifla. Les yeux décolorés du malade attendaient maintenant, interrogateurs.

« C'est bien », dit le médecin en vidant l'éprouvette dans la cour. Puis il dévisagea don Sabas : « Alors, vous aussi, ça vous turlupine? »

– Moi, non. Mais je jouis comme pas un de leur frousse à tous. »

Le docteur Giraldo préparait la seringue hypodermique.

« Et puis, ajouta don Sabas, avant-hier, j'y ai eu droit moi aussi. Toujours les mêmes foutaises : les conneries de mes fils et cette histoire d'ânes. »

Le médecin serra la veine de don Sabas avec un bracelet de caoutchouc. Le malade insista sur l'affaire des ânes, qu'il dut finalement raconter car le docteur Giraldo ne semblait pas être au courant.

« Cela remonte à une vingtaine d'années, dit-il. Le hasard voulait que chaque fois que je vendais un âne à quelqu'un on retrouvât la bête morte deux jours après, sans aucune trace de violence. »

Il tendit les chairs flasques de son bras pour la prise de sang. Quand le médecin recouvrit l'endroit de la saignée d'un tampon de coton, il referma son bras.

« Eh bien, savez-vous ce que les gens avaient inventé ? »

Le médecin secoua la tête.

« On fit courir le bobard que c'était moi qui entrais la nuit dans les enclos et qui trucidais les ânes par-dedans en leur enfonçant dans le cul un revolver. »

Le docteur glissa dans la poche de sa veste l'éprouvette contenant le sang.

« Cette histoire a toutes les apparences de la vérité, dit-il.

– C'étaient les serpents, dit don Sabas, assis sur son lit comme une idole orientale. Mais, de toute façon, il faut être bougrement con pour écrire sur une affiche ce qui est su et connu de tout le monde.

– C'est depuis toujours la caractéristique des affiches anonymes. Elles disent ce que tout le monde sait, et qui est vrai le plus souvent. »

Don Sabas eut une faiblesse passagère. « Exact », murmura-t-il, en essuyant avec le drap la sueur de ses paupières bombées. Il réagit bientôt :

« Il faut dire que dans ce pays il n'existe pas une seule fortune qui n'ait derrière elle le cadavre d'un âne. »

Le médecin reçut la phrase penché sur le lavabo. Il vit reflétée dans l'eau sa réaction : deux rangées de dents si parfaites qu'elles ne paraissaient pas naturelles. Il chercha son patient par-dessus l'épaule :

« J'ai toujours cru, mon cher don Sabas, que le cynisme était votre seule vertu. »

Le malade s'enthousiasma. Les coups de son médecin lui insufflaient une sorte de jeunesse soudaine. « Ça, et mon sexe infatigable », dit-il en accompagnant ses mots d'une flexion du bras qui pouvait être un stimulant pour la circulation mais que le médecin considéra comme une expressive provocation. Don Sabas remua les fesses :

« C'est pourquoi les affiches me font mourir de rire. On dit que mes fils ouvrent leur braguette dès qu'une gamine pointe ses seins dans ces forêts et moi je dis qu'ils sont bien les fils de leur père. »

Avant de prendre congé, le docteur Giraldo dut écouter une récapitulation schématique des aventures sexuelles de don Sabas.

« Heureuse jeunesse! s'écria finalement le malade. Ah! temps bénis où une fille de seize ans coûtait moins cher qu'une génisse!

– Ces souvenirs vont faire monter votre taux de sucre », dit le médecin.

Don Sabas ouvrit la bouche pour répliquer :

« Au contraire. Ils me font plus de bien que vos maudites injections d'insuline. »

Le médecin sortit dans la rue avec l'impression qu'un jus succulent s'était mis à circuler dans les artères de don Sabas. Mais déjà un autre sujet le préoccupait : les affiches anonymes. Depuis quelques jours, des rumeurs arrivaient à son cabinet. Ce soir-là, après sa visite à don Sabas, il se rendit compte qu'en réalité il n'avait pas entendu parler d'autre chose depuis une semaine.

Il effectua plusieurs visites dans l'heure qui suivit et, partout, on commentait les affiches. Il écouta en feignant une indifférence souriante, mais avec l'espoir d'arriver à une conclusion. Il regagnait son cabinet quand le père Angel, qui sortait de chez la veuve Montiel, l'arracha à ses réflexions :

« Comment se portent ces malades, docteur ?

– Les miens, très bien, mon père. Et les vôtres ? »

Le père Angel se mordit les lèvres. Il prit le bras du médecin pour traverser la place :

« Pourquoi cette question ?

– Je ne sais pas, dit le médecin. J'ai comme dans l'idée que votre clientèle souffre d'une grave épidémie. »

Le père Angel changea de conversation. « Il le fait exprès », pensa le docteur Giraldo.

« Je viens de parler avec la veuve Montiel, dit le curé. Les nerfs sont venus à bout de la pauvre femme.

– Ou peut-être sa conscience, diagnostiqua le médecin.

– Non, la mort l'obsède. »

Ils vivaient aux deux bouts du village, mais le père Angel raccompagna le médecin jusqu'à son cabinet.

« Sérieusement, mon père, reprit ce dernier. Que pensez-vous des affiches anonymes ?

– Je n'y pense pas, dit le curé. Mais si vous m'obligiez à le faire, je vous dirais que j'y vois l'œuvre de la jalousie dans un village exemplaire.

– C'est un diagnostic que nous, les médecins, n'avons jamais prononcé, même au Moyen Age », répliqua le docteur Giraldo.

Ils s'arrêtèrent devant le cabinet de consultation. Tout en s'éventant avec lenteur, le père Angel répéta pour la deuxième fois ce jour-là « que ce serait leur donner une importance qu'elles n'ont pas ». Le docteur Giraldo se sentit la proie d'un secret désespoir.

« Comment savez-vous, mon père, qu'il n'y a rien de vrai dans ce que disent les affiches ?

– Je le saurais par la confession. »

Le médecin le regarda froidement dans les yeux :

« Alors, si vous ne le savez pas par la confession, c'est encore plus grave ! »

Ce soir-là, le père Angel constata que même dans les maisons des pauvres on parlait des affiches anonymes, mais d'une façon différente et avec une joie salutaire. Il mangea sans appétit, après le salut auquel il assista accablé par une migraine épouvantable qu'il attribua aux croquettes du déjeuner. Il chercha ensuite dans quelle catégorie était classé le film du jour et pour la première fois de sa vie éprouva un sentiment d'orgueil en sonnant les douze coups tonitruants de l'interdiction absolue. Finalement, il appuya un tabouret contre la porte de la rue ; sa tête éclatait douloureusement, mais il se préparait à constater publiquement qui, enfreignant sa mise en garde, osait entrer au cinéma.

Le maire y entra. Installé dans un coin des fauteuils d'orchestre, il fuma deux cigarettes avant la projection du film. Sa gencive était désenflée mais son corps conservait le mauvais souvenir des nuits passées et des ravages causés par les calmants, si bien que des nausées accompagnèrent les bouffées de tabac.

La salle de cinéma était une cour entourée de murs de ciment, protégée sur la moitié de sa surface par un toit de tôle ondulée, et avec pour sol une herbe qui paraissait ressusciter chaque matin sous un engrais de chewing-gum et de mégots. Durant un moment, le maire vit flotter les banquettes de bois brut, la grille qui séparait les fauteuils de la galerie et constata une ondulation de vertige dans l'espace peint en blanc sur le mur du fond et qui servait d'écran.

Il se sentit mieux quand les lumières s'éteignirent. La musique stridente du haut-parleur cessa mais la vibration de la génératrice installée dans une cabine de bois près du projecteur s'accentua.

Le film fut précédé d'images de propagande. Un bruit confus de chuchotements, de pas étouffés et de rires entrecoupés agita momentanément la pénombre. Le maire, en sursautant, pensa que cette arrivée clandestine avait le caractère d'une subversion contre les lois rigides du père Angel.

Un effluve d'eau de Cologne suffit à lui faire deviner que le propriétaire du cinéma passait près de lui.

« Bandit, lui murmura-t-il en le retenant par le bras. Tu devras payer une taxe exceptionnelle. »

En riant entre ses dents, le propriétaire occupa le fauteuil voisin.

« C'est un bon film, dit-il.

– Moi, je préférerais que tous les films soient mauvais, dit le maire. Il n'y a rien de plus assommant que la morale au cinéma. »

Les premiers temps, personne n'avait pris très au sérieux cette censure carillonnée. Mais depuis, tous les dimanches, à la grand-messe, le père Angel interpellait du haut de sa chaire et expulsait de l'église les femmes qui, durant la semaine, contrevenaient à ses décisions.

« La petite porte du fond nous a sauvés », dit le propriétaire.

Le maire avait commencé à suivre les actualités défraîchies. Il s'arrêtait de parler chaque fois qu'une image l'intéressait sur l'écran.

« C'est pour tout la même chose, dit-il. Le curé ne donne pas la communion aux femmes qui portent des manches courtes et elles en portent quand même mais elles en ajoutent de postiches avant d'entrer à l'église. »

Après les actualités, on projeta quelques séquences du prochain film qu'ils regardèrent en silence. Celles-ci terminées, le propriétaire se pencha vers le maire et lui susurra :

« Mon lieutenant, achetez-moi ce bazar. »

Le maire ne quitta pas l'écran des yeux.

« Ce n'est vraiment pas une affaire.

– Pour moi non, mais pour vous ce serait un très bon filon. Parlons franc : le curé n'oserait pas vous emmerder avec ses cloches. »

Le maire réfléchit avant de répondre.

« On y songera », dit-il, sans prendre de décision concrète. Il posa les pieds sur la banquette de devant et se perdit dans les méandres d'un drame emberlificoté qui, au bout du compte, pensa-t-il, ne valait pas quatre coups de cloche.

En sortant du cinéma, il s'attarda dans la salle de billard, où l'on jouait à la loterie. Il faisait chaud et la radio exsudait une musique rocailleuse. Après avoir bu une bouteille d'eau minérale, le maire rentra dormir.

Il marcha, l'esprit léger, le long de la rive, en

écoutant dans la nuit le fleuve en crue, la rumeur de ses entrailles, et en respirant son odeur de gros animal. Il était arrivé à la porte de sa chambre quand il fit un bond en arrière et dégaina son revolver.

« Sortez, dit-il d'une voix crispée. Ou je tire! »

Une voix douce s'éleva dans l'obscurité :

« Ne soyez pas nerveux, mon lieutenant. »

Quelqu'un apparut en pleine lumière, devant le revolver toujours braqué. C'était Cassandre.

« Eh bien, il s'en est fallu de peu », dit le maire.

Ils entrèrent dans la chambre. Durant un long moment, Cassandre parla de choses et d'autres, en sautant du coq à l'âne. Elle s'était assise dans le hamac et, ayant enlevé ses chaussures, regardait avec une certaine candeur le vernis rouge vif des ongles de ses pieds.

Assis devant elle, le maire s'éventait avec sa casquette et l'écoutait avec la correction d'un homme bien élevé. Il avait allumé une cigarette. Quand minuit sonna, elle s'allongea à plat ventre dans le hamac, tendit vers lui un bras annelé de bracelets sonores et lui pinça le nez.

« Il est tard, mon grand. Eteins cette lumière. »

Le maire sourit :

« Ce n'est pas cela que je veux. »

Elle ne comprit pas.

« Tu sais tirer les cartes? » demanda le maire.

Cassandre reprit sa position assise dans le hamac. « Bien sûr », dit-elle. Elle venait de comprendre et remit ses chaussures :

« Mais je n'ai pas apporté mes cartes. »

Il souriait toujours :

« Qui mange de la terre transporte sa motte »,
dit-il.

Il sortit quelques cartes usées du fond d'une
valise. Elle tourna et retourna chaque carte, attentive et grave. « Les autres sont meilleures, dit-elle.
Mais, de toute façon, l'important c'est la communication. » Le maire traîna un guéridon, s'assit
devant elle et Cassandre battit le jeu.

« L'amour ou les affaires? » demanda-t-elle.

Le maire essuya la sueur de ses mains.

« Les affaires », dit-il.

UN âne sans maître s'était protégé de la pluie en se réfugiant sous l'avant-toit de la maison rurale et y était resté toute la nuit en ruant contre le mur de la chambre. N'ayant pu fermer l'œil qu'au petit jour et pour un bref sommeil, le père Angel se réveilla avec l'impression d'être couvert de poussière. Les nards assoupis sous la pluie, l'odeur des cabinets et la vision lugubre de l'intérieur de l'église dans le silence qui succéda aux cloches de cinq heures, tout paraissait comploter pour rendre l'aube des plus pénibles.

De la sacristie, où il s'habilla pour dire la messe, il entendit Trinidad qui faisait sa récolte de souris mortes tandis que les paroissiennes discrètes des jours de semaine entraient dans l'église. Durant la messe il surprit avec une exaspération croissante les méprises de l'enfant de chœur, la rudesse de son latin, et termina l'office avec ce sentiment de frustration qui le tourmentait aux heures mauvaises de sa vie.

Il regagnait sa chambre pour le petit déjeuner quand une Trinidad radieuse lui barra la route.

« Aujourd'hui, j'en ai estourbi six », dit-elle, en secouant dans la boîte les souris mortes. Le père Angel essaya de surmonter sa répugnance.

« Magnifique, dit-il. Et maintenant il faudrait trouver les nids pour en finir une fois pour toutes. »

Trinidad les avait trouvés. Elle expliqua comment elle avait localisé les trous en différents endroits de l'église, spécialement du côté du clocher et des fonts baptismaux, et comment elle les avait bouchés avec du goudron. Ce matin-là, elle avait entendu une souris affolée qui se cognait aux murs après avoir cherché toute la nuit la porte de sa maison.

Ils sortirent dans la petite cour pavée où quelques nards commençaient à redresser leurs tiges. Trinidad s'attarda à jeter les souris mortes dans les cabinets. Quand elle entra dans la chambre, le père Angel se préparait à déjeuner, après avoir écarté le napperon sous lequel tous les matins apparaissait, comme par un tour de prestidigitation, le repas que lui envoyait la veuve Asis.

« J'avais oublié de vous dire que je n'ai pas pu acheter l'arsenic, dit Trinidad. Don Lalo Moscote prétend qu'il n'a pas le droit d'en vendre sans ordonnance du médecin.

– On s'en passera, dit le père Angel. Elles vont toutes mourir asphyxiées dans leur prison. »

Il approcha la chaise de la table et s'installa devant la tasse, l'assiette avec les toasts de pain blanc et la cafetière agrémentée d'un dragon japonais, tandis que Trinidad ouvrait la fenêtre. « Il vaut mieux être prêts pour le cas où elles reviendraient », dit-elle. Le père Angel se versa du café mais s'arrêta soudain et regarda Trinidad avec son corsage sans forme et ses bottines d'invalide, qui s'approchait de la table.

« Tu te casses beaucoup trop la nénette pour quelques souris », dit-il.

Le père Angel n'aperçut aucun signe d'inquiétude dans l'épais buisson de sourcils de Trinidad. Sans pouvoir réprimer un léger tremblement des doigts, il finit de remplir sa tasse, y jeta deux cuillerées de sucre et se mit à remuer le café, les yeux fixés sur le crucifix pendu au mur.

« Quand t'es-tu confessée pour la dernière fois?

— Vendredi, répondit Trinidad.

— Dis-moi une chose. T'est-il arrivé de me cacher un péché? »

Trinidad fit non de la tête.

Le père Angel ferma les yeux. Brusquement, il cessa d'agiter son café, posa la petite cuillère sur la soucoupe et attrapa Trinidad par le bras.

« A genoux! », dit-il.

Déconcertée, Trinidad posa à terre sa boîte en carton et s'agenouilla devant lui. « Récite le *Je confesse à Dieu* », dit le père Angel dont la voix avait retrouvé le ton paternel du confessionnal. Trinidad frappa ses deux poings contre sa poitrine en murmurant une prière indéchiffrable, jusqu'au moment où le curé lui mit la main sur l'épaule :

« Je t'écoute, di-il.

— J'ai menti, dit Trinidad.

— Et quoi d'autre?

— J'ai eu de mauvaises pensées. »

C'était sa façon de se confesser. Elle énumérait toujours, et dans le même ordre, les mêmes péchés. Cette fois, pourtant, le père Angel ne put résister au désir d'aller plus loin.

« Par exemple? dit-il.

– Je ne sais pas, hésita Trinidad. Parfois, on a de mauvaises pensées. »

Le père Angel se redressa :

« Mais tu n'as jamais eu celle de te donner la mort?

– Jésus, Marie, Joseph! » s'écria Trinidad sans lever la tête mais en frappant de ses jointures le pied de la table. Puis elle répondit : « Non, mon père. »

Le père Angel l'obligea à lever la tête et constata, désolé, que des larmes embuaient les yeux de la fille.

« Ce qui veut dire que l'arsenic n'est vraiment bon que pour les souris?

– Oui, mon père.

– Alors, pourquoi pleures-tu? »

Trinidad voulut baisser la tête mais il lui retint le menton d'un geste énergique. Elle fondit en larmes et le père Angel sentit couler comme du vinaigre tiède entre ses doigts :

« Allons, calme-toi. Tu n'as pas fini de te confesser. »

Il la laissa se soulager en pleurant en silence. Après quoi il lui dit avec douceur :

« Bon. Et maintenant, raconte-moi. »

Trinidad renifla dans un coin de sa jupe et refoula un gros filet de salive que les larmes salaient. Quand elle parla, elle avait retrouvé son étrange voix de baryton.

« Mon oncle Ambrosio me poursuit, dit-elle.

– Comment cela?

– Il veut que je le laisse passer une nuit dans mon lit.

– Explique-toi.

– C'est tout, dit Trinidad. Je vous jure sur ma tête que c'est tout.

– Ne jure pas », gronda le curé. Puis il reprit sa voix tranquille de confesseur : « Dis-moi une chose. Avec qui dors-tu?

– Avec ma mère et mes sœurs. A sept dans la même chambre.

– Et lui?

– Dans l'autre chambre, avec les hommes, dit Trinidad.

– Il n'est jamais venu dans ta chambre? »

Trinidad nia de la tête.

« Dis-moi la vérité, insista le père Angel. Et parle sans crainte : Il n'a jamais essayé de venir dans ta chambre?

– Une fois.

– Et alors?

– Je ne sais pas, dit Trinidad. Quand je me suis réveillée je l'ai senti dans mes draps, il ne bougeait pas, il m'a dit qu'il ne voulait rien me faire, simplement dormir avec moi car il avait peur des coqs.

– Quels coqs?

– Je ne sais pas. Je vous répète ce qu'il m'a dit.

– Et toi, qu'est-ce que tu lui as répondu?

– Que s'il ne partait pas, j'allais me mettre à crier pour réveiller tout le monde.

– Et qu'est-ce qu'il a fait?

– Castula s'est réveillée et elle m'a demandé ce qui se passait et je lui ai répondu que ce n'était rien, que je devais être en train de rêver, et lui, il était là, tranquille, tranquille comme un mort, et je me suis à peine rendu compte quand il a quitté mon lit.

– Il était habillé, dit le curé d'un ton affirmatif.

– Il était comme quand il dort, avec seulement son pantalon.

– Il n'a pas essayé de te toucher.

– Non, mon père.

– Dis-moi la vérité.

– C'est vrai, mon père, insista Trinidad. Je vous le jure. »

Le père Angel l'obligea à relever à nouveau la tête et vit briller un éclat triste dans ses yeux humides.

« Pourquoi me l'avais-tu caché?

– J'avais peur.

– Peur de quoi?

– Je ne sais pas, mon père. »

Il posa sa main sur l'épaule de la fille et la conseilla longuement. Trinidad approuvait de la tête. Quand ils eurent fini, il se mit à réciter avec elle, à voix très basse : « Notre père, qui êtes aux cieux, que votre nom soit sanctifié... » Il priait profondément, avec une certaine terreur, tout en faisant, autant que sa mémoire le permettait, le bilan de sa vie. Il lui donna l'absolution mais sentit qu'une humeur de catastrophe avait commencé à s'emparer de son esprit.

Le maire poussa la porte en criant : « Holà! la

justice ! » La compagne du juge Arcadio apparut en essuyant ses mains au tissu de sa jupe.

« Cela fait deux nuits qu'il n'est pas rentré, dit-elle.

– Le maudit, maugréa le maire. Hier, il ne s'est pas montré au bureau. Je l'ai cherché partout pour une question urgente et personne ne l'a vu. Et toi non plus tu ne peux pas me renseigner ?

– Il doit être chez les putains. »

Le maire sortit sans refermer la porte. Il entra dans la salle de billard où le tourne-disque automatique hurlait une chanson à la guimauve et se rendit tout droit dans le réduit du fond en criant : « Holà ! la justice ! » Don Roque, le patron, qui vidait des bouteilles de rhum dans une dame-jeanne, interrompit l'opération. « Il n'est pas là, mon lieutenant ! », cria-t-il. Le maire passa de l'autre côté de la grille. Des hommes jouaient aux cartes. Personne n'avait vu le juge Arcadio.

« Mille bordels ! dit le maire. Dans ce village, on sait ce que tout le monde fait mais aujourd'hui que j'ai besoin du juge personne ne sait où il se planque.

– Demandez-le plutôt à celui qui colle les affiches, dit don Roque.

– Ne me les cassez pas avec vos papelards ! »

Le juge Arcadio n'était pas non plus à son bureau. Il était neuf heures mais déjà le secrétaire piquait son roupillon dans la galerie de la cour. Le maire se rendit à la caserne, fit s'habiller trois policiers et les envoya chercher le juge Arcadio au dancing et dans les chambres de trois femmes qui n'avaient de clandestines que l'épithète. Après quoi il marcha au hasard des rues. C'est chez le coiffeur, affalé sur une chaise et le visage enveloppé dans une serviette chaude et humide, qu'il le découvrit :

« Ah! misérable! s'écria-t-il. Voilà deux jours que je vous cherche. »

Le barbier retira la serviette et le maire aperçut deux yeux bouffis et un menton assombri par une barbe de trois jours.

« Et vous qui jouez la fille de l'air pendant que votre femme accouche! »

Le juge Arcadio bondit hors de sa chaise :

« Merde alors! »

Le maire éclata de rire et le poussa vers le dossier. « Mais non, pas de panique! dit-il. Je vous cherche pour autre chose. » Le juge Arcadio se réinstalla, allongea les jambes, ferma les yeux.

« Quand vous aurez fini, nous irons au bureau, dit le maire. Je vous attends. »

Il s'assit sur la banquette.

« Où étiez-vous, nom d'un tonnerre?

— Dans les parages », dit le juge.

Le maire ne fréquentait pas la boutique du coiffeur. Il avait aperçu un jour, mais sans s'y arrêter, l'écriteau cloué au mur : DÉFENSE DE PARLER POLITIQUE. Cette fois, pourtant, il attira son attention.

« Guardiola! » appela-t-il.

Le barbier nettoya son rasoir à son pantalon et resta à l'écoute.

« Mon lieutenant?

— Qui t'a autorisé à afficher cela?

— L'expérience », dit le barbier.

Le maire poussa un tabouret jusqu'au fond du salon et monta arracher l'avis.

« Ici le seul qui a le droit d'interdire quelque chose c'est le Gouvernement, dit-il. Nous sommes en démocratie. »

Le barbier se remit au travail. « Personne ne peut empêcher les gens d'exprimer leurs idées », poursuivit le maire en déchirant le carton. Il en jeta les morceaux dans la corbeille et alla se laver les mains.

« Tu vois, Guardiola, ce qui arrive quand on veut faire le ouistiti », opina le juge Arcadio.

Le maire chercha le coiffeur des yeux dans la glace et le trouva tout à sa tâche. Il ne le perdit pas de vue tandis qu'il s'essuyait les mains.

« La différence entre autrefois et aujourd'hui, dit-il, c'est qu'autrefois c'étaient les politiciens qui commandaient et aujourd'hui c'est le Gouvernement.

– Tu as entendu, Guardiola ? dit le juge Arcadio, le visage barbouillé de mousse de savon.

– Bien sûr », dit le perruquier.

En sortant, le maire entraîna le juge vers le bureau. Sous la pluie persistante, les rues paraissaient pavées de savon frais.

« J'ai dans l'idée depuis toujours que ce salon est un nid de conspirateurs, dit le maire.

– On le prétend, commenta le juge Arcadio. Mais on n'en a aucune preuve.

– Ce qui me turlupine, c'est précisément cela : leurs airs de sainte nitouche.

– Dans l'histoire de l'humanité on n'a jamais connu un seul perruquier conspirateur. Par contre, les tailleurs l'ont toujours été. »

Le maire ne lâcha pas le bras du juge Arcadio avant qu'il ne l'eût assis dans le fauteuil tournant.

Le secrétaire entra en bâillant; il tenait à la main une feuille dactylographiée. « Voilà de quoi travailler », dit-il au maire. Celui-ci rejeta sa casquette sur le haut de son crâne et prit le papier.

« Qu'est-ce que c'est?

– C'est pour monsieur le juge, dit le secrétaire. La liste de ceux qui ont échappé aux affiches. »

Le maire regarda le juge avec une perplexité évidente.

« Nom d'un bordel! A vous aussi, ça vous tourne donc dans la cervelle! s'écria-t-il.

– Comme lorsqu'on lit un roman policier. Rien de plus », s'excusa le juge.

Le maire lut la liste.

« C'est une bonne chose, expliqua le secrétaire. L'auteur des affiches se trouve nécessairement parmi eux. C'est la logique même, non? »

Le juge Arcadio reprit la feuille des mains du maire. « Cet homme est con comme un balai », lui dit-il. Puis il s'adressa au secrétaire : « Si je suis l'auteur des affiches, je commence par en coller une sur ma porte afin d'écarter les soupçons.

» Vous ne croyez pas, mon lieutenant? demanda-t-il au maire.

– Laissons ces conneries-là à ceux que ça intéresse. Nous, ce ne sont pas nos oignons. »

Le juge Arcadio déchira la feuille, en fit une boulette et la jeta dans la cour :

« Vous avez raison. »

Le maire, avant d'entendre la réponse, avait déjà oublié l'incident. Il appuya les paumes de ses mains contre le bureau :

« Bon, dit-il. L'emmerde pour laquelle je veux que vous consultiez vos bouquins est la suivante : à cause des inondations, les gens des quartiers bas ont transporté leurs maisons sur les terrains situés derrière le cimetière, et qui m'appartiennent. Que dois-je faire dans ce cas précis? »

Le juge Arcadio sourit :

« Pour cela nous n'avions pas besoin de venir au bureau, dit-il. C'est la chose la plus simple du monde : la municipalité attribue les terrains aux nouveaux occupants et indemnise qui en justifie légalement la propriété.

– J'ai les actes, dit le maire.

– Dans ces conditions, il suffit de nommer des experts pour procéder à l'évaluation. Et de faire payer la municipalité.

– Qui les nomme?

– Vous-même, si vous le désirez. »

Le maire gagna la porte en rajustant l'étui de son revolver. Le juge Arcadio le vit s'éloigner et pensa que la vie n'est qu'une succession continuelle d'occasions pour survivre. Il sourit :

« Il ne faut pas s'énerver pour une affaire aussi banale.

– Je ne m'énerve pas, dit sérieusement le maire. Mais c'est tout de même une emmerde.

– C'est pourquoi vous devez nommer d'abord cet agent ministériel », intervint le secrétaire.

Le maire s'adressa au juge.

« Vous croyez?

– Ce n'est pas indispensable en état d'urgence, dit le juge. Mais votre situation serait plus claire si un agent intervenait dans l'affaire, puisque le hasard veut que vous soyez le propriétaire des terrains en litige.

– Alors, nommons-en un », dit le maire.

M. Benjamin changea de pied sur la boîte du cireur sans quitter des yeux les charognards qui se disputaient une poignée de tripailles au milieu de la rue. Il observa les mouvements laborieux de ces oiseaux guindés et cérémonieux qui paraissaient exécuter une danse ancienne et admira la fidélité représentative des hommes qui se déguisent en charognards le dimanche de la Quinquagésime. Le garçon assis à ses pieds enduisit d'oxyde de zinc l'autre soulier et frappa sur la boîte pour ordonner une nouvelle alternance.

M. Benjamin qui, à une autre époque, avait vécu de la rédaction de requêtes, n'était jamais pressé. Le temps s'écoulait d'une façon imperceptible dans cette boutique qu'il avait mangée centavo à centavo et qui se trouvait maintenant réduite à un bidon de pétrole et à un paquet de bougies.

« Il pleut, mais la chaleur continue », dit le cireur.

M. Benjamin n'était pas d'accord. Il portait un pantalon de lin immaculé. Le cireur, en revanche, avait le dos trempé de sueur.

« La chaleur est une vue de l'esprit, dit M. Benjamin. Le tout est de ne pas s'en préoccuper. »

Le garçon ne fit aucun commentaire. Il frappa à nouveau sur la boîte et un moment plus tard son travail était terminé. A l'intérieur de sa boutique lugubre aux armoires vides, M. Benjamin enfila sa veste, mit son panama, puis traversa la rue en se protégeant de son parapluie et frappa à la fenêtre de la maison d'en face. Par le rideau entrouvert une fille aux cheveux noir de jais et à la peau très blanche se montra.

« Bonjour, Mina, dit M. Benjamin. Tu n'es pas encore à table ? »

Elle dit que non et acheva d'ouvrir la fenêtre. Elle était assise devant une grande corbeille remplie de tiges de fil de fer et de papier crépon de couleurs. Elle avait sur les genoux une bobine de fil, des ciseaux et un bouquet inachevé de fleurs artificielles. Un disque chantait sur le phono.

« Veux-tu me faire la gentillesse de jeter un coup d'œil à la boutique pendant mon absence ? dit M. Benjamin.

– Ce sera long ? »

M. Benjamin tendait l'oreille en direction du disque.

« Je vais chez le dentiste. Je serai de retour avant une demi-heure.

– Ah ! bon, dit Mina. L'aveugle n'aime pas que je traîne à la fenêtre. »

M. Benjamin cessa d'écouter le disque. « Aujourd'hui, toutes les chansons se ressemblent », commenta-t-il. Mina leva la fleur qu'elle venait de planter à l'extrémité d'une longue tige métallique recouverte de papier vert. Elle la fit tourner dans ses doigts, fascinée pas la parfaite correspondance qu'il y avait entre le disque et la fleur.

« Vous êtes l'ennemi de la musique », dit-elle. Mais M. Benjamin s'était éloigné, en marchant sur la pointe des pieds pour ne pas effrayer les charognards. Mina ne se remit pas à l'ouvrage avant de l'avoir vu frapper chez le dentiste.

« A mon avis, dit celui-ci en ouvrant la porte, le caméléon a la sensibilité dans les yeux.

– C'est possible, admit M. Benjamin. Mais pourquoi me dis-tu ça ?

« – Les caméléons aveugles ne changent pas de couleur. Je viens de l'entendre à la radio. »

Après avoir déposé son parapluie ouvert dans un coin, M. Benjamin pendit à un clou sa veste et son chapeau et occupa le fauteuil. Le dentiste battit une pâte rose dans le mortier.

« On raconte beaucoup de choses », dit M. Benjamin.

En cet instant, comme d'ailleurs en toute circonstance, il prenait pour parler une voix mystérieuse.

« Sur les caméléons?

– Sur tout le monde. »

La pâte une fois prête, le dentiste s'approcha du fauteuil pour prendre les empreintes. M. Benjamin enleva son dentier ébréché, l'enveloppa dans un mouchoir et le posa sur la tablette de verre près du fauteuil. Sans dents, avec ses épaules étroites et ses membres fluets, il avait un peu l'allure d'un saint. Le dentiste lui enduisit le palais de pâte et lui fit fermer la bouche.

« C'est la vérité, dit-il en le regardant droit dans les yeux. Je suis un lâche. »

M. Benjamin voulut protester en respirant avec force mais le dentiste lui maintint la bouche fermée. « Non, répliqua-t-il en son for intérieur. Non, ce n'est pas vrai. » Il savait, comme tout le monde, que le dentiste avait été le seul condamné à mort à ne pas fuir son domicile. Les balles avaient troué ses murs, on lui avait donné vingt-quatre heures pour quitter le village, mais on n'avait pas réussi à ébranler sa résolution. Il avait transféré son cabinet dans une pièce intérieure et travaillé avec un revolver à portée de la main, sans perdre les pédales, jusqu'au moment où les longs mois de terreur avaient pris fin.

Tout le temps que dura l'opération, le dentiste surprit dans les yeux de M. Benjamin la même réponse exprimée à différents niveaux d'angoisse. Mais il lui maintint la bouche fermée, attendant que durcisse la pâte. Quand il détacha le moule, M. Benjamin se soulagea :

« Je ne pensais pas à cela. Je parlais des affiches anonymes.

– Ah! dit le dentiste. Alors, toi aussi, ça te tarabuste.

– C'est un symptôme de décomposition sociale », dit M. Benjamin.

Il avait remis son dentier et se livrait à la méticuleuse tâche d'enfiler sa veste.

« C'est le symptôme de ce que tout se sait, tôt ou tard », dit le dentiste avec indifférence. Il regarda par la fenêtre le ciel brouillé et proposa : « Si tu veux, attends qu'il cesse de pleuvoir. »

M. Benjamin accrocha à son bras un parapluie. « Il n'y a personne à la boutique », dit-il en observant à son tour le nuage menaçant. Il leva son chapeau et gagna la porte :

« Et ôte-toi cette idée de la tête, Aurelio. Nul n'a le droit de penser que tu es un lâche parce que tu as arraché une dent au maire.

– Dans ce cas, dit le dentiste, attends une seconde. »

Il s'avança et lui tendit une feuille pliée en quatre.

« Lis-la et fais-la circuler. »

M. Benjamin n'eut pas besoin de déplier le

papier pour savoir de quoi il s'agissait. Il le regarda, bouche bée.

« Encore ? »

Le dentiste acquiesça de la tête et resta sur le seuil jusqu'au moment où M. Benjamin s'éloigna.

A midi, sa femme l'appela pour le déjeuner. Angela, sa fille de vingt ans, reprisait des chaussettes dans la salle à manger au mobilier simple et pauvre, avec des choses qui semblaient avoir été vieilles dès leur origine. Sur la rampe de bois qui menait à la cour s'alignaient des pots peints en rouge et abritant des plantes médicinales.

« Ce pauvre Benjamin, dit le dentiste en s'asseyant à table à sa place habituelle, les affiches, ça lui tourne à lui aussi le ciboulot.

— Ça le tourne à tout le monde, dit son épouse.

— Les femmes Tovar quittent le village », intervint Angela.

La mère servit la soupe dans les assiettes qu'on lui tendait. « Elles liquident tout ce qu'elles possèdent », dit-elle. En humant l'odeur chaude de la soupe, le dentiste se sentit étranger aux préoccupations de son épouse.

« Elles reviendront, dit-il. La honte a mauvaise mémoire. »

Tout en soufflant sur sa cuillère, il attendit le commentaire d'Angela, une fille à l'aspect un peu austère, comme lui, mais dont le regard révélait pourtant une étrange vivacité. Elle ne répondit pas à son attente. Elle parla du cirque. Elle dit qu'on y voyait un homme qui sciait sa femme en deux, un nain qui chantait la tête enfoncée dans la gueule d'un lion et un trapéziste qui faisait le triple saut de la mort sur une plate-forme de couteaux. Le dentiste l'écouta en mangeant en silence. Finalement, il promit que s'il ne pleuvait pas, on irait au cirque.

Dans la chambre, alors qu'il accrochait son hamac pour la sieste, il comprit que la promesse n'avait pas modifié l'humeur de sa femme. Elle aussi était décidée à abandonner le village si une affiche anonyme venait humilier sa maison.

Le dentiste l'écouta sans surprise. « Ce serait drôle, dit-il, que les balles n'aient pas réussi à nous déloger d'ici et qu'une feuille de papier y parvienne. » Il enleva ses chaussures et, s'allongeant en chaussettes dans le hamac, la rassura :

« Sois tranquille. A nous, on ne nous en mettra pas.

– Ils ne respectent personne, dit la femme.

– Ça dépend, dit le dentiste. Avec moi, ça se paie cher, et ils le savent. »

La femme s'étendit sur le lit, l'air exténué.

« Si, au moins, tu savais qui les colle.

– Celui qui les colle le sait », dit le dentiste.

Il arrivait au maire de passer des journées entières sans manger. Par oubli, tout simplement. Son activité, parfois fébrile, était aussi irrégulière que les longues périodes d'oisiveté et d'ennui durant lesquelles il errait sans but précis dans le village ou s'enfermait dans son bureau blindé, inconscient du passage du temps. Toujours seul, toujours un peu marginal, il n'avait aucune passion particulière et ne se souvenait pas avoir jamais connu une époque réglée par des habitudes. Mais, poussé par une hâte irrésistible, il apparaissait à l'hôtel à n'importe quelle heure et mangeait ce qu'on lui servait.

Ce jour-là, il déjeuna avec le juge Arcadio. Puis ils passèrent ensemble l'après-midi à légaliser la vente des terrains. Les experts firent leur devoir. L'agent, nommé à titre intérimaire, joua son rôle durant deux heures. Quand ils entrèrent dans la salle de billard, peu après quatre heures, tous deux paraissaient revenir d'une incursion pénible dans le futur.

« Eh bien, voilà, l'affaire est réglée », dit le maire en se frottant les mains.

Le juge Arcadio avait un autre souci. Le maire le vit chercher à tâtons un tabouret près du comptoir et il lui donna un calmant.

« Un verre d'eau, commanda-t-il à don Roque.

— Une bière glacée, corrigea le juge Arcadio, le front appuyé contre le comptoir.

— Ou une bière glacée, se reprit le maire, en posant quelques pièces sur le comptoir. Vous avez travaillé comme un forcené. »

Après avoir bu sa bière, le juge se frotta le cuir chevelu. L'établissement s'agitait avec un air de fête en attendant la parade du cirque.

Le maire y assista de la salle de billard. Secouée par les cuivres et la ferblanterie des musiciens, une fille passa d'abord, dans une robe d'argent, sur un éléphant nain aux oreilles comme des feuilles de malanga. Puis vinrent les clowns et les trapézistes. La pluie avait complètement cessé et les derniers rayons du soleil commençaient à chauffer cette soirée si bien lavée. Lorsque la musique cessa pour laisser l'homme aux échasses lire le programme, tout le village parut se lever de terre dans un silence de miracle.

Le père Angel, qui vit la parade de son bureau, scanda le rythme de la musique avec sa tête. Cette euphorie rescapée de l'enfance l'accompagna durant le dîner et les premières heures de la nuit jusqu'au moment où, ayant fini de contrôler les entrées au cinéma, il se retrouva seul dans sa chambre. Ses prières achevées, il demeura plongé dans une extase plaintive, assis dans son rocking-chair d'osier, et n'entendit pas sonner neuf heures ni s'arrêter le haut-parleur du cinéma, qui céda la place à la note monotone d'un crapaud. Il ne quitta son fauteuil que pour s'installer à sa table de travail et préparer la requête qu'il voulait adresser au maire.

Au cirque, pressé par le directeur d'occuper une des places d'honneur, le maire assista au numéro d'ouverture des trapézistes et à l'entrée des clowns. Lorsque Cassandre apparut, vêtue de velours noir et les yeux bandés, offrant aux assistants de deviner leurs pensées, le maire prit la fuite. Il fit dans le village une ronde de routine et, à dix heures, se rendit à la caserne des policiers. Ecrit avec application sur un papier de faire-part, l'appel du père Angel l'attendait. Son formalisme l'inquiéta.

Le père Angel commençait à se déshabiller lorsque le maire frappa à sa porte.

« Sapristi, dit le prêtre. Je ne vous attendais pas si vite. »

Le maire se découvrit avant d'entrer. Il sourit :

« J'aime répondre aux lettres. »

Il lança sa casquette, en la faisant tourner

comme un disque, sur le rocking-chair d'osier. Sous le bac à eau, plusieurs bouteilles de limonade rafraîchissaient dans un seau. Le père Angel en retira une.

« Vous boirez bien quelque chose? »

Le maire accepta.

« Je vous ai dérangé, dit le curé sans préambule, pour vous exprimer ma préoccupation devant l'indifférence qui est la vôtre au sujet des affiches anonymes. »

Il parla sur un ton qui aurait pu être interprété comme une plaisanterie mais que le maire prit au sérieux. Il se demanda, perplexe, comment cette histoire d'affiches avait pu entraîner le père Angel aussi loin.

« Il est étrange, mon père, que vous aussi ça vous turlupine. »

Le père Angel fouillait dans les tiroirs de la table à la recherche d'un ouvre-bouteille.

« Ce ne sont pas les affiches en soi qui me préoccupent, dit celui-ci, un peu embarrassé, ne sachant que faire de la bouteille. C'est, disons, un certain état d'injustice qu'il y a dans tout cela. »

Le maire lui enleva la bouteille des mains et la décapsula contre le fer de sa botte, avec une adresse de la main gauche qui attira l'attention du père Angel. Il lécha à même le goulot de la bouteille la mousse qui débordait.

« La vie privée, ça existe, commença-t-il sans parvenir à une conclusion. Sérieusement, mon père, je ne vois pas ce qu'on pourrait faire. »

Le curé s'installa à sa table de travail. « Vous devriez le savoir, dit-il. Après tout, vous en avez vu d'autres. » Il parcourut la pièce d'un regard vague et changea de ton :

« Il s'agirait de faire quelque chose avant dimanche.

– Nous sommes jeudi, précisa le maire.

– Je sais, répliqua le curé, qui ajouta avec une mystérieuse ardeur : Mais il n'est peut-être pas trop tard pour que vous fassiez votre devoir. »

Le maire essaya de tordre le cou à la bouteille. Le père Angel le vit aller et venir d'un bout à l'autre de la chambre, droit et svelte, sans aucun signe de maturité physique, et il éprouva un vague sentiment d'infériorité.

« Comme vous le voyez, réaffirma-t-il, je ne vous demande rien d'exceptionnel. »

Onze heures sonnèrent à l'église. Le maire attendit la dernière sonnerie et se pencha face au curé, les mains appuyées sur la table. Sa voix et son visage reflétaient l'angoisse refoulée :

« Ecoutez-moi, mon père. Ce village est calme, les gens commencent à avoir confiance dans l'autorité. Actuellement, toute démonstration de force représenterait un risque trop grand pour une chose sans importance. »

Le père Angel approuva de la tête. Il essaya de s'expliquer :

« Il ne s'agit, en l'occurrence, que de certaines mesures d'autorité.

– De toute manière, poursuivit le maire sans changer d'attitude, je tiens compte des circonstances. Vous ne l'ignorez pas : j'ai six policiers bouclés ici dans leur caserne et qui gagnent leur vie à se tourner les pouces. Je n'ai pu obtenir qu'on m'en débarrasse.

– Je sais, dit le père Angel. Je ne vous accuse pas.

– Et ce n'est un secret pour personne, continua le maire avec véhémence sans s'ocuper des interruptions, que trois d'entre eux sont des criminels de droit commun, sortis des prisons et déguisés en policiers. Dans ces conditions, je ne vais pas prendre le risque de les lâcher dans la rue pour chasser un fantôme. »

Le père Angel leva les bras.

« Bien sûr, bien sûr. Une telle solution serait évidemment de la folie. Mais pourquoi ne faites-vous pas appel, par exemple, aux bons citoyens ? »

Le maire s'étira et but, sans enthousiasme, quelques gorgées au goulot de la bouteille. Il avait la poitrine et le dos en sueur :

« Les bons citoyens, comme vous dites, ça les fait mourir de rire, cette histoire d'affiches.

– Pas tous.

– Et puis, il ne faut pas alarmer les gens pour une affaire qui, tout compte fait, n'en vaut pas la peine. Franchement, mon père, conclut-il avec bonne humeur, jusqu'à ce soir je n'avais jamais pensé que vous et moi étions concernés par cette connerie-là. »

Le père Angel prit un petit air protecteur. « Nous le sommes jusqu'à un certain point », répliqua-t-il, en entamant une laborieuse justification qui incluait quelques passages déjà mûrs du sermon qu'il avait commencé à ordonner dans sa tête depuis son déjeuner chez la veuve Asis. Il se fit lyrique :

« Il s'agit, si l'on peut dire, d'un cas de terrorisme contre l'ordre moral. »

Le maire sourit et l'interrompit. « Allons, allons, mon père, cette histoire de papelards ne mérite pas qu'on y mêle la philosophie. » Il posa, sans la finir, la bouteille sur la table et, de sa voix la plus aimable, transigea :

« Si vous me présentez les choses de cette façon, il faudra voir ce que l'on fait. »

Le père Angel le remercia. Monter, dimanche, en chaire, avec une préoccupation comme celle-là, n'avait rien d'agréable, révéla-t-il. Le maire avait essayé de le comprendre. Mais il se rendait compte qu'il était trop tard et qu'il faisait veiller le prêtre.

L'HOMME au tambour réapparut comme un fantôme du passé. A dix heures du matin, il fit retentir ses baguettes devant la salle de billard et maintint le village dans l'attente unanime jusqu'au moment où retentirent les trois roulements énergiques du final et où l'inquiétude renaquit.

« La mort! s'écria la veuve Montiel en voyant s'ouvrir portes et fenêtres et surgir les gens de partout vers la place. La mort est là! »

Une fois oubliée l'impression première, elle écarta les rideaux du balcon et observa le tohu-bohu entourant le policier qui se préparait à lire l'avis. Il y avait sur la place un silence trop grand pour la voix du crieur public. Malgré l'effort qu'elle fit pour tenter d'entendre, en mettant les mains en cornets derrière ses oreilles, la veuve Montiel ne réussit à surprendre que deux mots.

Personne dans la maison ne put la renseigner. L'avis avait été lu avec le rituel autoritaire de toujours, un nouvel ordre régnait sur terre et nul autour d'elle ne l'avait entendu. Sa pâleur inquiéta la cuisinière.

140

« Que disait l'avis?

– C'est ce que je suis en train d'essayer de savoir, mais en vain. Ce qui est sûr, ajouta la veuve, c'est que depuis que le monde est monde ces avis n'ont jamais annoncé rien de bon. »

La cuisinière alla aux nouvelles et rapporta des informations. Le couvre-feu était rétabli et ne cesserait que le jour où les raisons qui le justifiaient auraient disparu. Nul ne pouvait sortir dans la rue entre huit heures du soir et cinq heures du matin sans un laissez-passer signé et timbré par le maire. La police avait reçu la consigne d'intimer par trois fois l'ordre de s'arrêter à toute personne rencontrée dans la rue et de tirer en cas de refus d'obéissance. Le maire allait organiser des rondes de civils, désignés par lui pour collaborer avec les forces de l'ordre à la surveillance nocturne.

En se mordillant les ongles, la veuve Montiel demanda quelles étaient les causes d'une telle mesure.

« L'avis n'en parlait pas, répondit la cuisinière, mais tout le monde le dit : les affiches anonymes.

– Mon cœur m'avait avertie, s'écria la veuve, terrorisée. La mort s'acharne sur ce village. »

Elle convoqua M. Carmichaël. Obéissant à une force plus ancienne et plus réfléchie qu'une impulsion, elle ordonna de sortir du débarras la malle de cuir à clous de cuivre qu'avait achetée José Montiel pour son unique voyage, un an avant de mourir, et de la transporter dans sa chambre. Elle retira de l'armoire quelques vêtements, du linge de corps et des chaussures, et rangea le tout au fond du coffre. En le faisant, elle commençait à éprouver cette sensation de repos total dont elle avait si souvent rêvé quand elle s'imaginait loin de ce village et de cette maison, dans une chambre avec un fourneau et une petite terrasse où elle cultivait de l'origan dans des caisses, une chambre où elle seule avait le droit de se souvenir de José Montiel et où son unique souci était d'attendre l'après-midi du lundi pour lire les lettres de ses filles.

Elle n'avait gardé que le linge indispensable, la trousse de cuir avec les ciseaux, le sparadrap et le flacon d'iode, le nécessaire à couture et la boîte à chaussures avec le chapelet et le missel, mais déjà l'idée qu'elle emportait plus de choses que Dieu ne le permet la tourmentait. Alors elle glissa le saint Raphaël de plâtre dans un bas, le cala avec soin entre ses nippes et verrouilla la malle.

M. Carmichaël la trouva affublée de ses vêtements les plus modestes. Ce jour-là, signe prometteur, il était venu sans son parapluie. Mais la veuve ne le remarqua pas. Elle sortit de sa poche toutes les clefs de la maison, chacune avec sa destination écrite à la machine sur un carton, et les lui remit :

« Je laisse entre vos mains le monde abject de José Montiel. Faites-en ce que bon vous semble. »

Il y avait très longtemps que M. Carmichaël craignait cet instant.

« Vous voulez dire que vous souhaitez vous éloigner d'ici en attendant que les choses s'arrangent ? insinua-t-il.

– Je m'en vais pour toujours », répliqua la veuve d'une voix calme mais catégorique.

M. Carmichaël, dissimulant son inquiétude, lui

dressa le bilan de la situation. L'héritage de José Montiel n'avait pas été réglé. Un grand nombre de biens acquis à la hâte et sans les formalités d'usage présentaient une situation juridique peu claire. Tant qu'on n'aurait pas mis de l'ordre dans cette fortune chaotique dont José Montiel lui-même, dans ses dernières années, n'avait pas eu une notion exacte, il était impossible de liquider la succession. Le fils aîné, qui occupait un poste consulaire en Allemagne, et ses deux filles, fascinées par les délirantes boucheries de Paris, devaient revenir au pays ou désigner des mandataires pour faire valoir leurs droits. En attendant, on ne pouvait rien vendre.

L'illumination momentanée de ce labyrinthe où elle était perdue depuis deux ans ne réussit pas cette fois à émouvoir la veuve Montiel.

« Je m'en fiche, insista-t-elle. Mes enfants sont heureux en Europe et n'ont rien à faire dans ce pays de sauvages, comme ils l'appellent. Si vous voulez, monsieur Carmichaël, faites une seule liasse de tout ce que vous trouverez dans cette maison et jetez-la aux cochons. »

M. Carmichaël ne la contraria pas. Prétextant que, de toute manière, il fallait préparer certaines choses pour le voyage, il partit chercher le médecin.

« Maintenant, Guardiola, nous allons voir en quoi consiste ton patriotisme. »

Le coiffeur et les quelques hommes qui bavardaient dans son salon reconnurent la voix du maire avant de l'apercevoir sur le seuil. « Et aussi le vôtre, continua le maire en désignant les deux plus jeunes. Ce soir, vous aurez le fusil que vous avez tant désiré et nous verrons si vous avez le mauvais génie de le retourner contre nous. » On ne pouvait douter de la cordialité de ses paroles.

« Donnez-nous plutôt un balai, répliqua le coiffeur. Pour chasser des sorcières, il n'y a pas de meilleur fusil. »

Il ne leva même pas les yeux. Il rasait la nuque du premier client de la matinée et ne prenait pas le maire au sérieux. C'est seulement quand celui-ci se mit à recenser les réservistes du groupe, autrement dit les gens capables de manier un fusil, qu'il comprit que le maire ne plaisantait pas.

« C'est vrai, lieutenant, que vous allez nous mêler à cette foutaise?

– Bordel! répondit le maire. Vous passez votre vie à chuchoter pour un fusil et maintenant que vous allez en avoir un vous ne pouvez pas y croire. »

Il s'arrêta derrière le coiffeur, là où la glace lui permettait de dominer le groupe. Sa voix devint autoritaire : « Je parle sérieusement. Ce soir, à six heures, les réservistes de première classe devront se présenter à la caserne. » Le coiffeur l'affronta des yeux dans le miroir :

« Et si j'attrape une pneumonie?

– On te la guérira en prison. »

Le tourne-disque de la salle de billard dévidait un boléro sentimental. L'endroit était désert mais des bouteilles et des verres à moitié vides traînaient sur quelques tables.

« Maintenant, on peut dire qu'on est vraiment

dans la merde, lança don Roque en voyant entrer le maire. A sept heures, il faut fermer. »

Le maire se dirigea tout droit jusqu'au fond de la salle, où les petites tables des joueurs de cartes étaient elles aussi inoccupées. Il ouvrit la porte de la pissotière, jeta un coup d'œil dans l'entrepôt et revint vers le comptoir. En passant près du billard, il souleva sans crier gare la housse qui le couvrait :

« Allons, cessez de faire les cons », dit-il.

Deux garçons cachés sous le billard sortirent en secouant la poussière de leur pantalon. L'un d'eux était pâle. L'autre, plus jeune, avait les oreilles en feu. Le maire les poussa doucement vers les tables de l'entrée :

« Bon, à ce soir, six heures, à la caserne! »

Don Roque restait derrière son comptoir.

« Maintenant, pour gagner sa croûte, il va falloir se consacrer à la contrebande, dit-il.

– C'est l'affaire de deux ou trois jours », dit le maire.

Le propriétaire du cinéma le rejoignit au coin de la rue. « Il ne me manquait vraiment plus que cela, cria-t-il. Après les douze coups de cloche, le coup de clairon. » Le maire lui tapa sur l'épaule et essaya de s'esquiver.

« Je vais vous exproprier, dit-il.

– Impossible. Mon cinéma n'est pas un service public.

– Nous sommes en état d'urgence, dit le maire, et même le cinéma peut être déclaré de service public. »

Pour la première fois, il cessa de sourire. Il monta deux par deux les marches de la caserne et, en arrivant au premier étage, leva les bras et se remit à rire :

« Merde, alors! s'écria-t-il. Vous aussi? »

Affalé sur une chaise pliante avec la négligence d'un prince oriental, le directeur du cirque l'attendait. Il fumait avec volupté une bouffarde de loup de mer. Comme s'il le recevait chez lui, il fit signe au maire de s'asseoir :

« Nous allons parler business, mon lieutenant. »

Le maire poussa une chaise et vint prendre place devant lui, les bras appuyés au dossier. Sa pipe dans une main scintillante de pierres de couleurs, le directeur lui adressa un geste énigmatique :

« Je peux parler en toute franchise? »

Le maire acquiesça de la tête.

« Je l'ai su dès que je vous ai vu en train de vous raser, dit le directeur. Eh bien, voilà : j'ai l'habitude, je connais les gens, alors je comprends que ce couvre-feu, pour vous... »

Le maire l'examinait avec l'intention visible de se divertir.

« ... mais pour moi, qui ai déjà fait les frais de l'installation et qui dois nourrir dix-sept personnes et neuf fauves, c'est tout simplement la catastrophe.

– Et alors?

– Et alors, vous repoussez à onze heures le couvre-feu et nous partageons les gains de la soirée. »

Le maire continuait de sourire en gardant la même position sur la chaise :

« Je suppose que vous n'avez eu aucun mal à

trouver ici des gens qui vous disent que je suis un voleur.

– C'est un marché légal et clair », protesta le directeur.

Il ne vit pas à quel moment l'expression du maire devint grave.

« Nous en parlerons lundi, dit celui-ci, évasivement.

– Lundi, j'aurai tout mis au mont-de-piété, répliqua le directeur. Nous sommes très pauvres. »

Le maire le reconduisit jusqu'à l'escalier en lui tapotant doucement sur l'épaule. « Ne me racontez pas d'histoires, dit-il. Je connais la musique. » Et, déjà près de l'escalier, il ajouta d'une voix consolatrice :

« Envoyez-moi Cassandre cette nuit. »

Le directeur essaya de se retourner mais la main exerçait sur son dos une pression énergique.

« Bien entendu, dit-il. Cela va de soi.

– Envoyez-la-moi, insista le maire. Et nous en reparlerons demain. »

M. Benjamin poussa du bout des doigts la porte grillagée mais n'entra pas dans la maison. Il s'écria avec une certaine exaspération :

« Les fenêtres, Nora! »

Nora Jacob – mûre et grande –, les cheveux coupés comme un homme, gisait devant le ventilateur électrique dans la pénombre de la salle. Elle attendait M. Benjamin pour déjeuner. En entendant l'appel, elle se leva avec difficulté et ouvrit les quatre fenêtres donnant sur la rue. Un flot de chaleur envahit la pièce uniformément décorée de carreaux de faïence représentant le même paon anguleux et de meubles recouverts de tissus à fleurs. Chaque détail révélait un luxe de maison pauvre.

« Qu'est-ce qu'il y a de sûr dans ce que racontent les gens? demanda-t-elle.

– On raconte tant de choses.

– Mais sur la veuve Montiel, précisa Nora Jacob. On répète partout qu'elle est devenue folle.

– Pour moi, elle l'est depuis longtemps, dit M. Benjamin, qui ajouta avec un certain désenchantement : Tiens, pas plus tard que ce matin, elle a voulu se jeter par la fenêtre. »

Un couvert était préparé à chaque extrémité de la table, entièrement visible de la rue. « C'est Dieu qui la punit », dit Nora Jacob en tapant dans ses mains pour être servie. Elle apporta dans la salle à manger le ventilateur électrique.

« Depuis, la maison ne désemplit pas, dit M. Benjamin.

– Une bonne occasion pour la visiter », répliqua Nora Jacob.

Une petite négresse avec des papillotes rouges dans les cheveux apporta la soupe brûlante. L'odeur de poulet se répandit dans la pièce et la chaleur devint insupportable. M. Benjamin ajusta sa serviette autour de son cou : « Bon appétit, dit-il en essayant d'avaler une première cuillerée.

– Souffle dessus et ne sois pas stupide, dit-elle, agacée. Et puis, enlève ta veste. Avec ta manie de ne pas entrer ici quand les fenêtres sont fermées, tu vas nous faire crever de chaleur.

– Maintenant, c'est plus indispensable que jamais. On ne pourra pas dire qu'on n'a pas vu de la rue tous mes mouvements quand je suis chez toi. »

Elle découvrit son splendide sourire orthopédique et sa gencive de cire à cacheter des documents. « Ne sois pas ridicule, s'écria-t-elle. Moi je me moque pas mal de leurs ragots. » Quand elle put commencer à manger, elle dit, entre deux cuillerées :

« Je m'inquiéterais, bien sûr, s'ils jasaient sur Monica. » Elle faisait allusion à sa fille de quinze ans qui n'était plus revenue, même en vacances, depuis le jour où elle était allée pour la première fois au collège. « Mais sur moi, que veux-tu qu'ils disent que tout le monde ne sache déjà ? »

M. Benjamin ne lui adressa pas cette fois son regard de désapprobation habituel. Ils avalaient leur soupe en silence, séparés pas les deux mètres de la table, la distance la plus courte qu'il se fût permise, surtout en public. Quand elle était collégienne, vingt ans plus tôt, il lui écrivait de longues lettres conventionnelles auxquelles elle répondait par des billets passionnés. Durant les vacances, un jour de promenade champêtre, Nestor Jacob, complètement ivre, l'avait traînée par les cheveux vers un bout de l'enclos et lui avait déclaré tout de go : « Tu m'épouses ou je te descends. » Ils s'étaient mariés à la fin des vacances. Dix ans après, ils s'étaient séparés.

« De toute façon, dit M. Benjamin, il ne faut pas stimuler l'imagination des gens en laissant les portes fermées. »

Il se leva après avoir bu son café. « Je m'en vais, dit-il. Mina doit être désespérée. » Sur le seuil, en mettant son chapeau, il s'exclama :

« Cette maison est un vrai brasier.

– Je me tue à te le répéter. »

Elle attendit de le voir prendre congé d'un signe de la main semblable à une bénédiction, debout derrière la dernière fenêtre. Puis elle transporta le ventilateur dans sa chambre, ferma la porte et se mit complètement nue. Enfin, comme tous les jours après le déjeuner, elle alla jusqu'à la pièce voisine où se trouvaient les cabinets et s'assit sur la cuvette, seule avec son secret.

Quatre fois par jour elle voyait passer Nestor Jacob devant chez elle. Tout le monde savait qu'il vivait avec une autre femme dont il avait eu quatre enfants et qu'on le considérait comme un père exemplaire. Souvent, ces dernières années, il était passé avec ses enfants sous ses fenêtres, mais jamais avec la femme. Elle l'avait vu se décharner, devenir vieux et pâle, et se transformer en un étranger dont l'intimité autrefois partagée lui paraissait inconcevable. Parfois, pourtant, durant les siestes solitaires, elle le désirait à nouveau avec ardeur : non tel qu'elle le voyait passer devant chez elle mais tel qu'il était à l'époque qui avait précédé la naissance de Monica, quand sa façon rapide et sans fantaisie de faire l'amour ne lui était pas encore intolérable.

Le juge Arcadio, ayant dormi jusqu'à midi, n'apprit la nouvelle qu'à son arrivée au bureau. Son secrétaire, en revanche, était alerté depuis huit heures, c'est-à-dire depuis que le maire lui avait demandé de rédiger le décret.

Le juge se renseigna sur les détails et commenta :

« Il est conçu en termes draconiens. Ce n'était pas utile.

– Ce sont les mêmes depuis toujours.

– Oui, admit le juge. Mais les choses ont changé et il faut que les termes changent eux aussi. Les gens doivent être affolés. »

Pourtant, comme il put le constater plus tard en jouant aux cartes dans la salle de billard, la peur n'était pas le sentiment prédominant. On éprouvait plutôt une impression de victoire collective par la confirmation de ce qui était dans la conscience de tous : les choses n'avaient pas changé. Le juge Arcadio, en sortant de la salle de billard, ne put éviter le maire.

« Ces affiches anonymes, ça ne valait vraiment pas le coup, lui dit-il. Les gens sont heureux. »

Le maire le prit par le bras : « Nous ne faisons rien contre eux. C'est une question de routine. » Ces conversations ambulantes désespéraient le juge Arcadio. Le maire marchait d'un pas décidé, comme pour des affaires urgentes, mais après avoir beaucoup marché, se rendait compte qu'il n'allait vers aucun but précis.

« Cela ne va pas durer toute la vie, poursuivit-il. Avant dimanche, nous aurons sous les verrous ce petit rigolo de colleur d'affiches. Et j'ai dans l'idée qu'il s'agit d'une femme. »

Ce n'était pas l'avis du juge Arcadio. En dépit de la négligence avec laquelle il assimilait les informations de son secrétaire, il était arrivé à une conclusion générale : les affiches n'étaient pas l'œuvre d'une seule personne. Elles ne semblaient pas obéir à un plan concerté. Quelques-unes, ces derniers jours, présentaient un aspect différent : c'étaient des dessins.

« Il se peut que l'auteur ne soit ni un homme ni une femme, conclut-il. Mais des hommes et des femmes différents, agissant pour leur propre compte.

– Ne me compliquez pas la situation, dit le maire. Vous devriez savoir que dans toute emmerde, et quel que soit le nombre des enquiquineurs, il y a toujours un coupable.

– C'est Aristote qui l'a dit, mon lieutenant. » Et le juge ajouta, convaincu : « La mesure me paraît aberrante. Ceux qui posent les affiches attendront qu'on supprime le couvre-feu.

– Et après! dit le maire. Ce qui importe, c'est de préserver le principe d'autorité. »

Les requis avaient commencé à se rassembler à la caserne. La petite cour aux hauts murs de béton, jaspés de sang sec et balafrés de trous de projectiles, rappelait le temps où les cellules étaient trop petites et où on laissait en plein air les prisonniers. Ce soir-là, les policiers sans armes allaient et venaient en caleçon dans les couloirs.

« Rovira, cria le maire, du seuil de la porte. Apporte à boire à ces garçons. »

Le policier s'habilla.

« Du rhum? demanda-t-il.

– Abruti! cria le maire en se rendant à son bureau blindé. Des rafraîchissements. »

Les requis fumaient assis autour de la cour. Le juge Arcadio les observa de la balustrade du deuxième étage.

« Ce sont des volontaires?

– Vous parlez! dit le maire. J'ai dû les sortir de sous leurs lits, comme des appelés pour le service. »

Tous les visages étaient connus du juge :

« On pourrait croire que c'est l'opposition qui les a recrutés. »

Les lourdes portes d'acier du bureau blindé exhalèrent en s'ouvrant une haleine glacée. « Vous voulez dire qu'ils sont bons pour la bagarre », sourit le maire, après avoir allumé les lampes de la forteresse privée. Dans un coin on apercevait un lit de camp, une carafe avec un verre sur une chaise et un pot de chambre sous le lit. Adossés aux murs nus de béton il y avait des fusils et des mitraillettes. La pièce n'avait d'autre aération que celle des hautes et étroites meurtrières d'où l'on dominait le port et les deux rues principales. A l'autre extrémité, se trouvait la table de travail auprès du coffre-fort.

Le maire fit jouer la serrure de sûreté.

« Et ce n'est pas tout, dit-il. On va leur donner à tous des fusils. »

Le policier entra derrière eux. Le maire lui tendit plusieurs billets : « Rapporte-leur aussi à chacun deux paquets de cigarettes. » Quand ils se retrouvèrent seuls, il s'adressa de nouveau au juge Arcadio :

« Comment trouvez-vous la plaisanterie?

– Un risque inutile, répondit le juge, pensif.

– Les gens en resteront baba. Et puis, je crois que ces pauvres garçons ne sauront pas quoi faire de leurs fusils.

– Ils seront peut-être déconcertés, admit le juge. Mais pas pour longtemps. »

Il fit un effort pour réprimer une sensation de vide dans l'estomac. « Prenez garde, mon lieutenant, conseilla-t-il. N'allez pas tout gâcher. » Le maire le poussa hors du bureau avec un geste énigmatique.

« Ne soyez pas stupide, juge Arcadio, lui souffla-t-il à l'oreille. Ils n'auront que des cartouches à blanc. »

Quand ils descendirent dans la cour, les lumières étaient allumées. Les requis buvaient de la limonade sous les ampoules électriques crasseuses contre lesquelles venaient s'écraser les frelons. Allant et venant d'un bout à l'autre de la cour où quelques flaques d'eau subsistaient, le maire leur expliqua d'une voix paternelle en quoi consistait cette nuit-là leur mission : ils seraient postés par deux aux principaux carrefours et avaient l'ordre de tirer contre toute personne, homme ou femme, qui ne répondrait pas aux trois sommations. Il leur recommanda courage et prudence. Après minuit, on leur apporterait de quoi manger. Le maire espérait, avec l'aide de Dieu, qu'aucun contretemps ne surviendrait et que le village saurait apprécier cet effort des autorités en faveur de la paix sociale.

Le père Angel se levait de table quand le premier coup de huit heures se mit à sonner au clocher. Il éteignit la lumière de la cour, verrouilla la porte et fit le signe de la croix sur son bréviaire : « Au nom du Père et du Fils et du Saint-Esprit. » Dans une cour au loin, un butor chanta. Somnolant au frais dans le corridor près des cages recouvertes de chiffons noirs, la veuve Asis entendit le second coup de cloche et, sans ouvrir les yeux, demanda : « Roberto est-il rentré? » Une servante pelotonnée contre le montant de la porte répondit qu'il était couché depuis sept heures. Un peu avant, Nora Jacob avait baissé le volume de la radio et se délectait d'une petite musique qui semblait venir d'un endroit propre et confortable. Une voix trop distante pour paraître réelle cria un nom à l'horizon, ce qui fit aboyer les chiens.

Le dentiste n'avait pas fini d'écouter les informations. Se souvenant qu'Angela déchiffrait des mots croisés sous la lampe de la cour, il lui ordonna sans la regarder : « Ferme le portail et viens terminer cela ici, dans la chambre. » Sa femme se réveilla en sursautant.

Roberto Asis qui, en effet, s'était couché à sept heures, se leva pour regarder la place par la fenêtre entrouverte et ne vit que les amandiers sombres et la dernière lumière qui s'éteignait sur le balcon de la veuve Montiel. Rébecca alluma la veilleuse du guéridon et dans un murmure étouffé l'obligea à se recoucher. Un chien solitaire continua d'aboyer après qu'eut retenti le cinquième coup de cloche.

Dans la chaleur de l'arrière-boutique bourrée de bidons vides et de flacons poussiéreux, don Lalo Moscote ronflait, son journal déplié sur le ventre et les lunettes sur le front. Son épouse paralytique, effrayée par le souvenir d'autres nuits semblables à celle-ci, chassait les moustiques avec un chiffon et comptait l'heure, mentalement. Après les cris lointains, les aboiements des chiens et les courses furtives, le silence commençait.

« N'oublie pas la coramine », recommandait le

docteur Giraldo à sa femme qui garnissait sa trousse de drogues d'urgence avant de se coucher. Tous deux pensaient à la veuve Montiel, raide comme une morte sous l'effet de la dernière dose de gardénal. Seul don Sabas, après une longue conversation avec M. Carmichaël, avait perdu la notion du temps. Il était encore dans son bureau en train de peser les aliments de son petit déjeuner du lendemain quand il entendit le septième coup et vit sa femme sortir de la chambre, tout ébouriffée. Le fleuve s'immobilisa. « Une nuit comme celle-ci », murmura quelqu'un dans l'obscurité, l'instant où retentit le huitième coup, profond, irrévocable, et où quelque chose qui avait commencé à crépiter quinze secondes auparavant cessa de se faire entendre.

Le docteur Giraldo ferma son livre jusqu'au moment où le clairon sonnant le couvre-feu s'interrompit. Sa femme posa la trousse sur la table de nuit, se coucha, le visage tourné vers le mur, et éteignit sa lampe. Le médecin rouvrit le livre mais ne lut pas. Tous deux respiraient calmement, seuls dans un village que le silence démesuré avait réduit aux dimensions de l'alcôve.

« A quoi penses-tu ?

– A rien », répondit le médecin.

A onze heures, quand il revint à la page où il se trouvait en entendant le premier coup de huit heures, il ne pouvait toujours pas se concentrer. Il écorna la feuille et posa le livre sur le guéridon. Son épouse dormait. A une autre époque, tous deux veillaient jusqu'à l'aube, en essayant de déterminer exactement le lieu et les circonstances des coups de feu. Plusieurs fois, le bruit des bottes et des armes était arrivé jusqu'au seuil de leur maison et ils avaient attendu, assis sur le lit, la grêlée de plomb qui devait défoncer leur porte. De nombreuses nuits, alors qu'ils avaient appris à distinguer les nuances infinies de la terreur, ils avaient veillé, la tête appuyée sur un oreiller rempli de tracts clandestins à distribuer. Un matin, au petit jour, ils avaient entendu devant la porte du cabinet de consultation ces préparatifs discrets qui précèdent une sérénade, et aussitôt après la voix fatiguée du maire : « Non, pas ici. Le docteur ne fait pas de politique. » Le docteur Giraldo éteignit la lampe et essaya de dormir.

La pluie se remit à tomber après minuit. Le coiffeur et un autre requis, installés au coin du quai, abandonnèrent leur poste et allèrent se réfugier sous l'avant-toit de M. Benjamin. Le coiffeur alluma une cigarette et examina le fusil à la lueur de l'allumette. C'était une arme nouvelle.

« C'est *made in USA* », dit-il.

Son compagnon craqua plusieurs allumettes afin de découvrir, mais en vain, la marque de sa carabine. Une gouttière déchargea son eau sur la culasse de l'arme avec un bruit creux. « Non, mais quelle foutaise! murmura-t-il en l'épongeant avec sa manche. Et nous, comme des cons, à nous faire tremper avec nos fusils! » Dans le village sans lumière on ne percevait d'autre bruit que celui de la pluie sur l'avant-toit.

« Nous sommes neuf, dit le coiffeur. Et eux sept, en comptant le maire, mais il y en a trois de bouclés à la caserne.

– J'y pensais il y a un moment », dit l'autre.

La lampe de poche du maire les éclaira soudain,

recroquevillés contre le mur, essayant de protéger leurs armes des gouttes qui éclataient comme des plombs de chasse sur leurs souliers. Ils le reconnurent quand il éteignit sa lampe et s'avança sous l'avant-toit. Il portait un imperméable de campagne et une mitraillette en bandoulière. Il regarda sa montre à son bras droit et ordonna au policier :

« Va à la caserne voir où en est le ravitaillement. »

Il commandait comme à la guerre. Le policier disparut sous la pluie et le maire s'assit sur le sol près des requis :

« Quoi de nouveau ?

– Rien », répondit le coiffeur.

L'autre offrit au maire une cigarette avant d'allumer la sienne. Le maire refusa.

« Jusqu'à quand allez-vous nous retenir ainsi, lieutenant ?

– Je ne sais pas, dit le maire. Pour l'instant, jusqu'à la fin du couvre-feu. Demain, nous aviserons.

– Jusqu'à cinq heures ! s'écria le perruquier.

– Imagine un peu, dit l'autre. Moi qui suis levé depuis quatre heures du matin. »

La bousculade d'une horde de chiens leur arriva à travers le murmure de la pluie. Le maire attendit la fin du charivari, quand il ne resta plus qu'un hurlement solitaire. Il se tourna vers le requis, l'air déprimé :

« Parlez-m'en à moi, qui laisse la moitié de ma vie dans ce fourbi, dit-il. Je tombe de sommeil.

– Pour de la frime, dit le coiffeur. Tout cela n'a ni queue ni tête. Une turlupinade de bonnes femmes !

– Je commence à le croire », soupira le maire.

Le policier revint les informer qu'on attendait une éclaircie pour distribuer les vivres. Il ajouta qu'une femme, surprise sans laissez-passer, attendait le maire à la caserne.

C'était Cassandre. Enveloppée dans un ciré, elle dormait sur la chaise pliante, dans la petite salle éclairée par l'ampoule lugubre du balcon. Le maire lui pinça le nez entre le pouce et l'index. Elle gémit, s'agita comme si on la dérangeait et ouvrit les yeux.

« Je rêvais », dit-elle.

Le maire alluma. Elle plaqua ses mains sur ses yeux pour se protéger et se retourna en protestant; il aperçut ses ongles au vernis métallique et le creux rasé d'une aisselle.

« Tu es un mufle, dit-elle. Je suis ici depuis onze heures.

– J'espérais te trouver dans la chambre, s'excusa le maire.

– Je n'avais pas de laissez-passer. »

Ses cheveux, d'une couleur de cuivre deux nuits plus tôt, étaient maintenant gris argent. « Où avais-je la tête? » dit le maire en souriant. Il alla pendre son imperméable et vint occuper une chaise auprès d'elle. « J'espère qu'ils n'ont pas cru que c'est toi qui colles les papelards. » La femme avait retrouvé sa décontraction :

« Chic alors! J'adore les émotions fortes. »

Brusquement, le maire donna l'impression d'être égaré dans la salle. L'air sûr de lui, en faisant craquer les jointures de ses doigts, il murmura : « J'ai besoin que tu me rendes un service. »

Elle l'interrogea des yeux.

« Ça restera entre nous deux, mais je veux que tu tires les cartes pour qu'on essaie de savoir qui est le zigoto qui nous enquiquine. »

Elle détourna la tête. « Je comprends », dit-elle après un court silence. Le maire l'encouragea :

« Je le fais surtout pour vous autres. »

Elle approuva d'un signe de tête.

« Je les ai déjà tirées. »

Le maire aurait été bien incapable de dissimuler son angoisse. « C'est très bizarre, poursuivit Cassandre dont la voix prit un ton mélodramatique calculé. Les signes étaient si clairs que j'ai eu peur en regardant les cartes sur la table. » Sa respiration elle-même était devenue théâtrale.

« Qui est-ce ?

– C'est tout le village et ce n'est personne. »

LES fils de la veuve Asis vinrent au complet pour la messe du dimanche. Ils étaient sept, ou plutôt huit si l'on comptait Roberto Asis. Tous fondus dans le même moule : massifs et rudes, têtus comme des mulets dans leur acharnement à travailler dur et dociles comme des toutous dans leur obéissance à la volonté maternelle. Roberto Asis, le dernier-né, le seul à s'être marié, n'avait de commun avec ses frères qu'une bosse sur l'os du nez. Sa santé délicate et ses manières comme-il-faut faisaient de lui une sorte de prix de consolation attribué à la veuve Asis quand elle fut lassée d'attendre une fille.

Dans la cuisine où les sept fils Asis avaient déposé tout ce que leurs bêtes avaient transporté, la veuve s'affairait au milieu d'un méli-mélo de poulets ficelés, de légumes, de fromages, de pains de sucre roux et de salaisons, en donnant des ordres aux servantes. Quand la cuisine fut débarrassée, elle fit préparer un choix des meilleures choses pour le père Angel.

Le prêtre se rasait. De temps en temps, il tendait

la main vers la cour pour ensuite mouiller de pluie son menton. Sa barbe était presque terminée lorsque deux fillettes aux pieds nus poussèrent la porte sans frapper et déversèrent à ses pieds des ananas mûrs, des bananes sur le point de l'être, des pains de sucre, du fromage et un panier de légumes et d'œufs frais.

Le père Angel cligna de l'œil. « Mais c'est la manne du bon Dieu! » La plus petite des gamines, les yeux écarquillés, le montra du doigt :

« Les monsieur-le-curé aussi, ils se rasent! »

Sa compagne l'entraîna vers la porte. Le curé sourit : « Qu'est-ce que tu croyais? » Et il ajouta avec sérieux : « Nous aussi nous sommes des êtres humains. » Puis il regarda les provisions éparses sur le sol et comprit que seuls les Asis étaient capables d'une telle prodigalité.

« Dites à ces garçons que Dieu le leur rendra en santé et prospérité », s'écria-t-il.

Le père Angel, qui en quarante ans de sacerdoce n'avait pas appris à dominer l'inquiétude qui précède les actes solennels, rangea son matériel sans avoir fini de se raser. Après quoi il ramassa les aliments, les entassa sous la citerne et entra dans la sacristie en s'essuyant les mains sur sa soutane.

L'église était pleine. Sur deux bancs situés au pied de la chaire et portant leurs noms gravés sur des plaques de cuivre, les Asis avaient pris place avec leur mère et leur belle-sœur. Quand ils s'étaient présentés devant le temple, tous réunis pour la première fois depuis des mois, on aurait pu croire qu'ils allaient y entrer à cheval. Cristobal Asis, l'aîné, qui avait quitté ses troupeaux une demi-heure auparavant et n'avait pas eu le temps de se raser, avait gardé ses bottes et ses éperons. Tel quel, ce géant sauvage ressemblait si fort à César Montero qu'il paraissait justifier la version publique et jamais confirmée selon laquelle ce dernier était le fils clandestin du vieux Adalberto Asis.

Une contrariété attendait le père Angel dans la sacristie : les ornements liturgiques n'étaient pas à leur place. L'enfant de chœur le vit fouiller nerveusement les tiroirs tandis qu'il soutenait une obscure dispute avec lui-même.

« Appelle Trinidad, lui ordonna-t-il. Et demande-lui où elle a mis l'étole. »

Il oubliait que Trinidad était malade depuis la veille. L'enfant de chœur pensait qu'elle avait dû emporter certaines choses pour les nettoyer. Le père Angel décida alors de revêtir les ornements réservés aux offices funèbres. Il n'arrivait pas à se concentrer. Quand il monta en chaire, impatient et le souffle encore altéré, il comprit que les arguments mûris les jours précédents n'auraient plus cette force de conviction qui était la leur dans la solitude de sa chambre.

Il parla durant dix minutes. Cherchant des mots qui se bousculaient, surpris par une foule d'idées qui débordaient des moules prévus, il découvrit la veuve Asis, entourée de tous ses fils. Ce fut comme s'il les avait reconnus des siècles plus tard sur une photo jaunie de famille. Seule Rébecca Asis, qui rafraîchissait sa poitrine splendide avec son éventail de santal, lui parut humaine et réelle. Le père Angel acheva son sermon sans faire d'allusion directe aux affiches anonymes.

Pendant quelques instants, la veuve Asis demeura droite et raide, enlevant et remettant son anneau de mariage avec une secrète exaspération tandis que la messe reprenait. Puis elle se signa, se leva et abandonna l'église par la nef centrale, suivie de ses fils qui menaient grand tapage.

Par un matin comme celui-ci, le docteur Giraldo avait compris le mécanisme intérieur du suicide. La pluie tombait sans bruit, le troupiale sifflait dans la maison voisine et sa femme parlait tandis qu'il se lavait les dents.

« Les dimanches sont bizarres, avait-elle dit en préparant la table pour le déjeuner. C'est comme s'ils pendaient ouverts à un croc de boucher : ils ont une odeur de viande crue. »

Le médecin mit une lame dans son rasoir et commença à se raser. Il avait les yeux humides et les paupières gonflées. « Tu dors mal la nuit », lui dit son épouse. Et elle ajouta, aigre-douce : « Un de ces dimanches, tu te réveilleras et tu seras vieux. » Elle avait enfilé une robe de chambre élimée et avait la tête couverte de bigoudis.

« Fais-moi plaisir, dit-il. Tais-toi. »

Elle se rendit à la cuisine, mit la cafetière sur le feu et attendit l'ébullition, en prêtant d'abord l'oreille au sifflement du troupiale puis au bruit de la douche. Elle alla ensuite dans la chambre préparer le linge que son mari trouverait en sortant du bain. Quand elle servit le petit déjeuner elle le vit prêt à partir, un peu rajeuni, lui sembla-t-il, par son pantalon kaki et sa chemise de sport.

Ils déjeunèrent en silence. Ils avaient presque terminé lorsqu'il la regarda avec une attention affectueuse. Elle buvait son café, le nez dans sa tasse, et le ressentiment la faisait trembler un peu. Il s'excusa :

« C'est le foie.

– La morgue, rien ne la justifie, répliqua-t-elle sans lever la tête.

– Je dois être intoxiqué. La pluie engorge le foie.

– Tu répètes toujours la même chose, précisa-t-elle, mais tu ne fais jamais rien. Si tu n'ouvres pas l'œil, tu devras te condamner toi-même. »

Il parut la croire. « En décembre, dit-il, nous passerons quinze jours au bord de la mer. » Il observa la pluie à travers les losanges de bois de la claire-voie qui séparait la salle à manger de la cour attristée par cet interminable mois d'octobre et ajouta : « Et après, pour quatre mois, fini les dimanches comme celui-ci. » Elle empila les assiettes avant de les porter à la cuisine. A son retour, il avait son panama sur la tête et préparait sa trousse.

« Tiens. La veuve Asis est sortie de l'église », constata-t-il.

Son épouse le lui avait annoncé avant qu'il ne commence à se brosser les dents, mais il n'y avait pas prêté attention.

« Cela fait trois fois qu'ils y vont cette année, confirma-t-elle. Visiblement, elle n'a rien trouvé de mieux pour se distraire. »

Le médecin découvrit dans un grand sourire ses dents parfaites.

« Les gens riches sont cinglés », commenta-t-il.

Quelques femmes, au retour de l'église, étaient venues rendre visite à la veuve Montiel. Le médecin salua le groupe demeuré dans la salle. La rumeur des rires le poursuivit jusqu'au palier. Avant de frapper à la porte, il se rendit compte que d'autres femmes se trouvaient dans la chambre. Quelqu'un lui cria d'entrer.

Assise dans son lit, les cheveux défaits, la veuve Montiel tenait le bord du drap ramené sur sa poitrine. Un miroir et un peigne en corne étaient posés sur ses genoux.

« Alors, vous aussi vous avez décidé d'aller à la fête, lui dit le médecin.

– Elle fête ses quinze ans, dit une des femmes.

– Dix-huit », corrigea la veuve Montiel en souriant tristement. A nouveau étendue au creux du lit, elle se couvrit jusqu'au cou et ajouta avec bonne humeur : « Bien entendu, je n'ai invité aucun homme. Et surtout pas vous, docteur : vous êtes un oiseau de mauvais augure. »

Le médecin posa son chapeau mouillé sur la commode. « Vous avez raison, dit-il, en observant la malade avec une complaisance songeuse. Je viens de m'apercevoir que je n'ai rien à faire ici. » Puis, s'adressant au groupe, il s'excusa :

« Puis-je vous demander de vous retirer ? »

Quand elle fut seule avec lui, la veuve Montiel reprit son expression amère de malade. Mais le médecin ne sembla pas le remarquer. Sa voix resta enjouée, tandis qu'il déposait sur la table de nuit les objets qu'il sortait de sa trousse.

« Pitié, docteur, supplia la veuve. Plus de piqûres. Je suis devenue comme une passoire. »

Le médecin sourit :

« Les piqûres, c'est ce qu'on a inventé de mieux pour nourrir les médecins. »

Elle sourit à son tour :

« Croyez-moi, dit-elle en se palpant les fesses sous les draps. Tout cela est renfrogné. Je ne peux même pas y toucher.

– Eh bien, n'y touchez pas », dit le médecin.

Elle sourit franchement :

« Parlez sérieusement, docteur. Même un dimanche. »

Le médecin lui découvrit le bras pour mesurer sa pression artérielle.

« Mon docteur me l'a interdit, dit-il. C'est mauvais pour le foie. »

Tandis qu'il prenait sa tension, la veuve regardait le cadran de l'appareil avec une curiosité d'enfant. « C'est la montre la plus étrange que j'aie jamais vue », dit-elle. L'attention du médecin resta concentrée sur l'aiguille jusqu'au moment où il acheva de presser la poire.

« C'est la seule qui indique avec exactitude l'heure de se lever », dit-il.

L'opération terminée, il enroula l'appareil tout en observant minutieusement le visage de la malade. Il posa sur la table de nuit un tube de pastilles blanches et lui prescrivit d'en prendre une toutes les douze heures. « Si vous ne voulez pas de mes piqûres, dit-il, fini les piqûres. Vous vous portez comme un charme. » La veuve eut un geste d'impatience.

« Je n'ai jamais été malade, dit-elle.

– Je vous crois, mais il fallait bien inventer quelque chose pour justifier la douloureuse. »

Eludant le commentaire, la veuve demanda :

« Et je dois rester couchée ?

– Ah ! ça, non ! dit le médecin. Je vous l'interdis formellement. Descendez plutôt recevoir vos visites, comme le veut la politesse. D'ailleurs, ajouta-t-il d'une voix malicieuse, les thèmes ne manqueront pas pour la conversation.

– Pitié, docteur ! Pas de cancans ! s'écria-t-elle. Vous allez me faire croire que c'est vous qui collez les affiches. »

Le docteur Giraldo la félicita pour sa clairvoyance. En sortant, il jeta un coup d'œil furtif sur la malle de cuir à clous de cuivre préparée pour le voyage, dans un coin de la chambre. « Et rapportez-moi un petit souvenir quand vous rentrerez de votre tour du monde », cria-t-il de la porte. La veuve avait repris la patiente tâche de se coiffer.

« Je vous le promets, docteur. »

Elle ne descendit pas. Elle resta au lit jusqu'au départ de la dernière visiteuse. Puis elle s'habilla. M. Carmichaël la trouva en train de manger devant la porte-fenêtre entrouverte du balcon.

Elle répondit à son salut sans écarter les yeux du balcon. « Au fond, dit-elle, cette femme me plaît : elle est courageuse. » M. Carmichaël regarda à son tour du côté de la maison de la veuve Asis dont les portes et les fenêtres, à onze heures, restaient fermées.

« C'est sa nature, dit-il. Avec des entrailles comme les siennes, faites pour n'abriter que des mâles, elle ne peut agir autrement. » Puis, concentrant son attention sur la veuve Montiel, il ajouta : « Mais vous, vous êtes fraîche comme une rose. »

168

Elle parut le confirmer par la fraîcheur de son sourire. « Savez-vous une chose? » interrogea-t-elle. Et devant l'indécision de M. Carmichaël, elle anticipa sa réponse :

« Le docteur Giraldo est convaincu que je suis folle.

– Allons donc! »

La veuve fit oui, oui, de la tête. « Je ne serais pas surprise, continua-t-elle, qu'il ait déjà étudié avec vous la façon de m'expédier dans un asile. » M. Carmichaël ne sut pas comment se dépêtrer de l'insinuation.

« Je ne suis pas sorti de la matinée », dit-il.

Elle se laissa choir dans le moelleux fauteuil de cuir placé près de son lit. La veuve y revit José Montiel, terrassé par une congestion cérébrale, quinze minutes avant sa mort. « Dans ce cas, dit-elle en chassant ce mauvais souvenir, il vous appellera peut-être cet après-midi. » Elle prit un sourire lucide et changea de sujet :

« Vous avez parlé à don Sabas? »

M. Carmichaël acquiesça du menton.

En vérité, le vendredi et le samedi précédents, il avait jeté des sondes dans l'abîme de don Sabas, avec l'espoir de connaître sa réaction si l'on mettait en vente l'héritage de José Montiel. Don Sabas paraissait disposé à acheter. La veuve l'écouta sans signes d'impatience. Si l'on ne traitait pas ce mercredi, on le ferait la semaine suivante, admit-elle avec une tranquille fermeté. De toute façon, elle était décidée à abandonner le village avant la fin du mois d'octobre.

Le maire dégaina son revolver d'un geste instantané de la main gauche. Tout son corps, jusqu'au moindre muscle, était prêt à tirer quand il se réveilla pleinement et reconnut le juge Arcadio.

« Merde ! »

Le juge Arcadio resta pétrifié.

« Ne recommencez pas cette connerie-là », dit le maire en rentrant son revolver. Il s'affala à nouveau dans sa chaise de toile : « J'ai l'oreille plus fine quand je dors.

– La porte était ouverte », dit le juge.

Le maire avait oublié de la fermer en rentrant à l'aube. Il était si fatigué qu'il s'était laissé choir sur la chaise et s'était endormi séance tenante.

« Quelle heure est-il ?

– Il va être midi », dit le juge.

Une corde tremblait encore dans sa voix.

« Je suis mort de sommeil », dit le maire.

En s'étirant dans un long bâillement il eut l'impression que le temps s'était arrêté. Malgré ses mesures d'urgence et ses nuits blanches, les affiches n'avaient pas cessé d'apparaître. Ce matin même, il avait trouvé un papier collé à la porte de sa chambre : *Lieutenant, ne gâchez pas de poudre à tuer des charognards.* Dans la rue on affirmait tout haut que c'étaient les requis eux-mêmes qui mettaient les affiches pour oublier l'ennui des rondes. « Le village se paie ma tête », pensait le maire.

« Secouez-vous, dit le juge, et allons manger quelque chose. »

Mais le maire n'avait pas faim. Il voulait dormir

encore une heure et prendre un bain avant de sortir. Le juge Arcadio, en revanche, frais et dispos, rentrerait chez lui déjeuner. En passant devant la chambre, comme la porte était ouverte, il était entré demander au maire un sauf-conduit afin d'aller et venir après le couvre-feu.

« Non ! dit tout net le lieutenant qui prit aussitôt après un ton protecteur pour se justifier. Il est plus sage que vous restiez tranquillement chez vous. »

Le juge Arcadio alluma une cigarette. Il contempla la flamme de l'allumette, le temps de calmer sa rancœur, mais ne trouva rien à répliquer.

« Ne le prenez pas en mal, poursuivit le maire. Et croyez bien que je voudrais être à votre place ; me coucher à huit heures du soir et me lever quand bon me semble.

– Mais, bien sûr, dit le juge, qui ajouta avec une ironie marquée : Il ne me manquait vraiment plus que cela : avoir un nouveau papa à trente-cinq ans. »

Il lui avait tourné le dos et semblait regarder du balcon le ciel lourd de pluie. Le maire garda un dur silence. Puis il dit, sur un ton tranchant :

« Juge Arcadio ! » Le juge se retourna et ils se regardèrent, les yeux dans les yeux. « Ce laissez-passer, vous ne l'aurez pas ! Vous m'entendez ? »

Le juge mordit sa cigarette et commença une phrase, qu'il se hâta d'étouffer. Le maire l'entendit descendre lentement les escaliers. Il se pencha, brusquement :

« Juge Arcadio ! »

Il n'obtint pas de réponse.

« Nous restons amis », cria le maire.

Rien ne troubla le silence.

Il resta là, penché, attendant la réaction du juge Arcadio, jusqu'au moment où il entendit la porte se refermer et se retrouva seul avec ses souvenirs. Il ne chercha pas le sommeil. L'insomnie le tourmentait en plein jour, il suffoquait enfoncé dans la boue d'un village qui, des années après qu'il avait pris en charge son destin, demeurait impénétrable et étranger. La terreur, c'était lui qui l'avait connue à l'aube de cette matinée où il avait débarqué furtivement avec une vieille valise de carton entourée de ficelles et l'ordre de soumettre le village à n'importe quel prix. Son seul appui était une lettre pour un obscur sympathisant du gouvernement qu'il avait découvert le lendemain, assis en caleçon sur le seuil d'un moulin à riz. Grâce à ses renseignements et à la collaboration implacable des trois sicaires qui l'accompagnaient, la mission avait été accomplie. Cet après-midi-là, pourtant, alors que l'invisible toile d'araignée que le temps avait tissée autour de lui l'enserrait plus que jamais, il lui aurait suffi d'une lueur instantanée de lucidité pour qu'il se demande qui avait soumis qui.

Il rêva, les yeux ouverts, devant le balcon fouetté par la pluie, jusqu'à plus de quatre heures. Puis il prit un bain, passa son uniforme de campagne et descendit déjeuner à l'hôtel. Plus tard, il fit une inspection de routine à travers la caserne et se retrouva soudain planté au coin d'une rue, les mains dans les poches, et sans aucun but.

Le soir tombait quand le patron de la salle de billard le vit entrer, mains dans les poches comme toujours. Il le salua du fond de son établissement vide mais le maire ne lui répondit pas.

« Une bouteille d'eau minérale », commanda-t-il.

On entendit un remue-ménage de bouteilles dans le bac à glace.

« Un de ces jours, dit le patron, il faudra qu'on vous opère et on trouvera que vous avez le foie rempli de bulles. »

Le maire regarda le verre, but une gorgée d'eau, éructa, resta les coudes appuyés au comptoir et les yeux fixés sur le verre, puis éructa une nouvelle fois. La place était déserte.

« Mais, qu'est-ce qui se passe? dit le maire.

– C'est dimanche, dit le patron.

– Ah! »

Il jeta une pièce sur le comptoir et sortit sans prendre congé. A l'angle de la place, quelqu'un qui marchait comme s'il traînait une queue énorme lui dit quelque chose qu'il ne comprit pas. Mais, bientôt, il réagit, réalisant vaguement qu'un événement imprévu survenait, et il se dirigea vers la caserne. Il monta quatre à quatre l'escalier sans prêter attention aux groupes qui se formaient devant la porte. Un policier s'avança à sa rencontre et lui tendit un papier. Au premier coup d'œil, il sut de quoi il s'agissait.

« Il les distribuait au gallodrome », dit le policier.

Le maire se précipita dans le couloir. Il ouvrit la première cellule et resta la main sur la barre, scrutant la pénombre, jusqu'au moment où il aperçut un garçon d'une vingtaine d'années, au visage anguleux et olivâtre, tacheté de petite vérole. Il portait une casquette de joueur de base-ball et des lunettes aux verres superposés.

« Ton nom?

– Pepe.

– Pepe comment?

– Pepe Amador. »

Le maire l'observa un moment et fit un effort pour se souvenir. Le garçon était assis sur la plate-forme de béton qui servait de lit aux prisonniers. Il semblait tranquille. Il ôta ses lunettes, les essuya avec le pan de sa chemise et regarda le maire, les paupières froncées.

« Où nous sommes-nous vus? demanda le maire.

– Dans les parages », dit Pepe Amador.

Le maire n'entra pas à l'intérieur de la cellule. Il continua de regarder, songeur, le prisonnier, et referma lentement la porte.

« Pepe, dit-il. Je crois que tu t'es bien fait baiser. »

Il verrouilla le cachot, glissa la clef dans sa poche et alla dans la salle lire le tract clandestin.

Il s'assit devant le balcon ouvert, tuant les moustiques une claque par-ci une claque par-là, tandis que s'allumaient les rues désertes. Il connaissait cette paix crépusculaire. A une autre époque, par un soir semblable, il avait ressenti dans sa plénitude le vertige du pouvoir.

« Alors, les revoilà! » se dit-il tout haut.

Ils étaient revenus, en effet. Comme autrefois, ils étaient ronéotypés recto verso et auraient été reconnus n'importe où et à n'importe quelle époque à ce petit rien indéfinissable de hâte inquiète qui est le sceau de la clandestinité.

Il réfléchit longtemps dans les ténèbres, pliant et dépliant le tract, avant de prendre une décision. Finalement, il le ramassa dans sa poche où il sentit sous ses doigts le clef de la cellule.

« Rovira », appela-t-il.

Son homme de confiance surgit de l'obscurité. Le maire lui tendit la clef :

« Occupe-toi de ce garçon. Tâche de le persuader de te donner les noms de ceux qui apportent ici la propagande clandestine. S'il ne le fait pas de bon gré, alors emploie les grands moyens. »

Le policier lui rappela qu'il avait une ronde le soir même.

« Oublie ça, dit le maire. Et occupe-toi de ce que je t'ai dit, jusqu'à nouvel ordre. Ah ! une chose encore ! ajouta-t-il, comme s'il obéissait à une inspiration soudaine. Renvoie les hommes qui attendent dans la cour. Cette nuit, les rondes sont supprimées. »

Il convoqua dans son bureau blindé les trois policiers qui, sur on ordre, restaient cantonnés à se tourner les pouces dans la caserne. Il leur fit mettre les uniformes qu'il gardait sous clef dans l'armoire. Pendant ce temps, il ramassa sur la table les cartouches à blanc qu'il avait distribuées les soirs précédents aux hommes des patrouilles et sortit du coffre-fort une grosse poignée de projectiles.

« Cette nuit, c'est vous qui allez faire les rondes, leur dit-il, en inspectant les fusils pour leur remettre les meilleurs. Vous n'avez pas à intervenir, simplement les gens doivent se rendre compte de votre présence dans les rues. »

Une fois que tous furent armés, il leur tendit les munitions. Il se planta devant eux :

« Mais écoutez-moi bien, leur annonça-t-il. Le premier qui tire, je le fais fusiller contre le mur de la cour. » Il attendit une réaction qui ne vint pas : « Compris ? »

Les trois hommes – deux de type indien, sans rien de particulier, et un géant blond aux yeux d'un bleu transparent – avaient écouté les derniers mots en chargeant leurs armes. Ils se figèrent au garde-à-vous.

« Compris, mon lieutenant.

– Ah ! Et puis – la voix du maire se détendit –, les Asis sont ici et il n'y aurait rien d'extraordinaire à ce que, cette nuit, vous en rencontriez un qui soit soûl et qui ait envie de chercher noise à quelqu'un. Quoi qu'il arrive, ne vous en mêlez pas. » Là encore, il n'entendit pas la réaction attendue. « Compris ?

– Compris, mon lieutenant.

– Bon, vous savez tout, conclut le maire. Et maintenant, ouvrez l'œil ! »

En fermant l'église après le rosaire, qu'il avait avancé d'une heure à cause du couvre-feu, le père Angel respira une odeur de pourriture. Ce fut un relent momentané qui n'eut pas l'heur de l'intriguer. Plus tard, en faisant frire des tranches de bananes vertes et chauffer du lait pour le dîner, il en découvrit l'origine : Trinidad, malade depuis la veille, n'avait pas enlevé les souris mortes. Il retourna donc à l'église, ouvrit et nettoya les pièges, et se rendit chez Mina à deux rues du temple.

Ce fut Toto Visbal lui-même qui lui ouvrit la porte. Dans la petite salle ombreuse où l'on voyait des tabourets de cuir en désordre et des lithographies accrochées aux murs, la mère de Mina et la grand-mère aveugle étaient en train de boire une infusion brûlante. Mina fabriquait des fleurs artificielles.

« Cela fait quinze ans qu'on ne vous a pas vu dans cette maison, mon père », dit l'aveugle.

C'était vrai. Tous les soirs il passait devant la fenêtre près de laquelle Mina, assise, confectionnait ses fleurs de papier mais jamais il n'entrait.

« Le temps s'écoule sans faire de bruit », dit-il. Après quoi, laissant entendre qu'il était pressé, il s'adressa à Toto Visbal :

« Je viens vous prier de laisser venir Mina à partir de demain s'occuper de mes pièges à souris. » Et, parlant pour Mina : « Trinidad est malade depuis samedi. »

Toto Visbal donna son consentement.

« Il faut avoir envie de perdre son temps, intervint l'aveugle. Car qu'on le veuille ou non, cette année verra la fin du monde. »

La mère de Mina lui posa une main sur le genou pour lui suggérer de se taire. L'aveugle repoussa la main.

« Dieu punit la superstition, dit le prêtre.

– C'est écrit, dit l'aveugle : le sang coulera dans les rues et il n'y aura pas de pouvoir humain capable de l'arrêter. »

Le curé lui adressa un regard de commisération : elle était très vieille, d'une pâleur extrême, et ses yeux morts paraissaient pénétrer le secret des choses.

« Nous nous baignerons dans le sang », se moqua Mina.

Le père Angel se tourna vers elle. Il la vit surgir, avec ses cheveux noirs de jais et la même pâleur que l'aveugle, d'un nuage confus de rubans et de papiers de couleur. On aurait dit un tableau allégorique dans une soirée scolaire.

« Mais toi, lui dit-il, tu travailles le dimanche.

– Je vous l'ai bien dit, intervint l'aveugle. Une pluie de cendres brûlantes s'abattra sur sa tête. »

Mina sourit :

« Nécessité fait loi. »

Voyant que le prêtre s'attardait, Toto Visbal poussa une chaise et l'invita de nouveau à s'asseoir. C'était un homme fragile, aux gestes perturbés par la timidité. Le père Angel refusa :

« Merci. Je ne veux pas que le couvre-feu me surprenne dans la rue. » Il prêta alors attention au profond silence du village et commenta : « On dirait qu'il est plus de huit heures. »

Toto Visbal le renseigna : après deux années ou presque de prison sans pensionnaires, il y avait maintenant un prisonnier, Pepe Amador, et le village était à la merci de trois criminels. Les gens ne sortaient plus à partir de six heures.

Le père Angel parut parler pour lui :

« C'est une chose étrange. Une chose insensée.

– Tôt ou tard, cela devait arriver, dit Toto Visbal. Le pays entier est raccommodé avec du fil de toiles d'araignée. »

Il raccompagna le curé jusqu'à la porte.

« Vous n'avez pas vu les tracts clandestins ? »

178

Le père Angel s'arrêta, perplexe :

« A nouveau?

– En août, interrompit l'aveugle, commenceront les trois jours d'obscurité. »

Mina allongea le bras pour lui offrir une fleur qu'elle fabriquait : « N'en parlons plus, dit-elle. Allons, tais-toi. » L'aveugle reconnut la fleur au toucher.

« Alors, ça recommence? dit le curé.

– Voilà presque une semaine, dit Toto Visbal. Un tract a circulé et personne n'a su qui l'avait apporté. Vous savez comment ça se passe! »

Le curé fit oui d'un signe de tête.

« On dit qui tout est resté pareil, continua Toto Visbal. Le gouvernement a changé, il a promis la paix et des garanties et, au début, tout le monde y a cru. Mais les fonctionnaires, eux, ont été mainte-nus à leur poste.

– C'est vrai, intervint la mère de Mina. Voilà revenu le couvre-feu. Et ces trois assassins dans la rue.

– Mais il y a une nouveauté, précisa Toto Visbal. Il paraît que la guérilla contre le gouvernement se réorganise à l'intérieur du pays.

– Tout cela est écrit, dit l'aveugle.

– C'est absurde, dit le curé, songeur. Il faut reconnaître que la manière d'agir a changé. Ou tout au moins, corrigea-t-il, avait changé jusqu'à ce soir. »

Des heures plus tard, ne pouvant fermer l'œil à cause de la chaleur, il se demanda pourtant si le temps s'était vraiment écoulé durant ces dix-neuf ans de ministère dans la paroisse. Il entendit, juste devant chez lui, le bruit des bottes et des armes qui, en d'autres temps, précédaient les fusillades. A cette différence près que, cette fois, les bottes s'éloignèrent, repassèrent, une heure plus tard et à nouveau s'éloignèrent sans qu'aucun coup de feu retentît. Peu après, tourmenté par la fatigue de l'insomnie et la chaleur, il se rendit compte que les coqs chantaient déjà depuis un bon moment.

MATEO ASIS essaya de calculer l'heure en écoutant d'où arrivaient les chants des coqs. Finalement, il retrouva tous ses esprits.

« Quelle heure est-il ? »

Nora Jacob allongea le bras dans la pénombre et attrapa sur la table de nuit la pendulette aux chiffres phosphorescents. La réponse qu'elle n'avait pas encore donnée la réveilla vraiment.

« Quatre heures et demie, dit-elle.

– Merde ! »

Mateo Asis sauta du lit. Mais un mal de tête suivi d'une sédimentation minérale dans la bouche freinèrent son élan. Ses pieds cherchèrent leurs chaussures dans l'obscurité.

« Le jour a failli me surprendre, dit-il.

– Chic », dit-elle. Elle alluma la lampe et reconnut sa noueuse colonne vertébrale et ses fesses pâlichonnes. « Tu aurais été obligé de rester bouclé ici jusqu'à demain. »

Elle était complètement nue, le sexe à peine couvert par une pointe du drap. Sous la lumière de la lampe, même sa voix perdait sa tiède effronterie.

Mateo Asis enfila ses chaussures. Il était grand et massif. Nora Jacob qui, depuis deux ans, le recevait à l'occasion éprouvait une sorte de frustration devant la fatalité d'accueillir clandestinement un homme qui lui paraissait fait pour partager la vie d'une femme.

« Si tu ne te surveilles pas, tu vas grossir, dit-elle.

– C'est la bonne table », répliqua-t-il en s'efforçant de cacher sa contrariété. Et, en souriant, il ajouta : « Je dois être enceinte.

– Plaise à Dieu! dit-elle. Si les hommes accouchaient, ils seraient un peu plus respectés. »

Mateo Asis ramassa avec son caleçon le préservatif déployé sur le plancher, alla aux toilettes et le jeta dans la cuvette. Il se lava en tâchant de ne pas respirer profondément : toute odeur, au petit jour, était une odeur à elle. Quand il regagna la chambre, il la trouva assise sur le lit.

« Un de ces jours, dit Nora Jacob, je vais me lasser de ces cachotteries et je raconterai l'affaire à tous. »

Il ne la regarda pas avant d'être habillé. Elle eut conscience de la maigreur triste de ses seins et remonta le drap jusqu'à son cou :

« Je ne vois pas quand nous prendrons le petit déjeuner au lit et y resterons jusqu'au soir. Je suis capable de coller moi-même sur ma porte l'affiche que je mérite. »

Il éclata franchement de rire.

« Et le vieux Benjamin, si près de la mort, dit-il. Qu'est-ce qui lui arrive ?

– Imagine un peu, dit-elle. Il attend celle de Nestor Jacob. »

Sur le seuil de la chambre, il lui fit, avant de partir, un signe de la main. « Essaie de venir pour Noël », lui dit-elle. Il le lui promit. Il traversa la cour à pas de loup et sortit dans la rue par la grande porte. Une rosée glacée lui mouillait à peine la peau. Un cri lui sauta en plein visage comme il arrivait sur la place.

« Halte ! »

Une lampe de poche s'alluma devant ses yeux. Il s'écarta.

« Ah ! bordel ! Regardez sur qui nous tombons. Tu pars ou tu arrives ? »

Le maire éteignit sa lampe et Mateo Asis le vit, accompagné de trois policiers. Il avait le visage lavé de frais et portait sa mitraillette en bandoulière.

« J'arrive », dit Mateo Asis.

Le maire s'approcha pour regarder sa montre à la lueur du lampadaire. Il était cinq heures moins dix. D'un signe adressé aux policiers, il ordonna de mettre fin au couvre-feu. Il attendit que le clairon cessât de lancer sa note triste dans le jour naissant. Puis il renvoya les policiers et traversa la place avec Mateo Asis.

« Terminé, dit-il. Terminé cette connerie des petits papelards. »

Plus que de la satisfaction, il y avait de la lassitude dans sa voix.

« Le type s'est fait prendre ?

– Pas encore, dit le maire. Mais je viens de faire la dernière ronde et je peux assurer que cette nuit, pour la première fois, on n'a pas posé une seule affiche. Il a suffi de prendre le taureau par les cornes. »

En arrivant devant le portail de sa maison, Mateo Asis prit les devants pour attacher les chiens. Les femmes de service s'étiraient dans la cuisine. Quand il entra, un charivari de chiens enchaînés accueillit le maire, puis on entendit, un moment plus tard, des pas et des soupirs d'animaux pacifiques. La veuve Asis les trouva en train de prendre le café, assis sur le rebord de la cuisine. Il faisait jour.

« Homme matinal, bon époux mais mauvais mari », dit la veuve.

Malgré la bonne humeur, le visage révélait l'outrage d'une longue veille. Le maire répondit au salut. Il ramassa la mitraillette sur le sol et la suspendit à son épaule.

« Prenez tout le café que vous voudrez, mon lieutenant, dit la veuve. Mais ne m'apportez pas de fusils ici.

— Au contraire, sourit Mateo Asis. Tu devrais t'en faire prêter un pour aller à la messe. Tu ne crois pas ?

— Je n'ai pas besoin de ces machins-là pour me défendre, répliqua la veuve. La Divine Providence est avec nous, les Asis, ajouta-t-elle avec gravité. Nous étions des serviteurs du Seigneur avant qu'il y ait des curés à des lieues à la ronde. »

Le maire prit congé. « Il faut dormir, dit-il. Ce n'est pas une vie pour un chrétien. » Il se fraya un passage parmi les poules, les canards et les dindons qui commençaient à envahir la maison. La veuve chassa les animaux. Mateo Asis alla dans sa chambre, se baigna, se changea et ressortit seller sa mule. Ses frères étaient partis à l'aube.

La veuve Asis s'occupait de ses cages lorsque son fils apparut dans la cour.

« Souviens-toi que protéger sa peau est une chose, lui dit-elle, mais que garder ses distances en est une autre.

– Il était seulement entré boire une tasse de café. Nous parlions et nous sommes arrivés ici presque sans nous en rendre compte. »

Il se tenait à l'extrémité du corridor et regardait sa mère, mais elle ne s'était pas retournée pour lui parler. Elle semblait s'adresser à ses oiseaux. « Comprends-moi bien, répliqua-t-elle. Je ne veux pas d'assassins dans cette maison. » Ses cages nettoyées, elle s'occupa directement de son fils :

« Et toi, où étais-tu ? »

Ce matin-là, le juge Arcadio crut découvrir des signes funestes dans les petites choses qui font la vie de tous les jours. « Le temps est au mal de tête », dit-il, en essayant d'expliquer ses doutes à sa compagne. C'était une matinée ensoleillée. Le fleuve, pour la première fois depuis plusieurs semaines, avait perdu son aspect menaçant et son odeur d'équarrissage. Le juge Arcadio se rendit chez le coiffeur.

« La justice boite mais elle arrive », dit le coiffeur en l'accueillant.

Le plancher avait été astiqué à l'essence et les glaces étaient barbouillées de blanc d'Espagne. Le coiffeur entreprit de les polir avec un chiffon tandis que le juge prenait place dans le fauteuil.

« Il ne devrait pas y avoir de lundis », dit le juge.

Le coiffeur avait commencé à lui couper les cheveux.

« Le coupable, c'est dimanche, dit-il. S'il n'existait pas, il n'y aurait pas de lundi. »

Le juge Arcadio ferma les yeux. Cette fois, après dix heures de sommeil, un turbulent accouplement et un bain prolongé, il n'avait rien à reprocher au dimanche. Mais le lundi était pénible. Lorsque neuf heures eurent sonné au clocher de l'église et qu'il ne resta plus que le ronflement d'une machine à coudre dans la maison voisine, un autre signe inquiéta le juge : le silence des rues.

« C'est un village fantôme, dit-il.

– Mais vous l'avez voulu, vous autres, dit le coiffeur. Autrefois, un lundi matin comme celui-ci et à cette heure, j'avais déjà coupé les cheveux à cinq clients. Aujourd'hui, vous êtes le premier que Dieu m'envoie. »

Le juge Arcadio ouvrit les yeux et regarda un moment le fleuve dans la glace. « Vous autres », répéta-t-il. Et il demanda : « Mais de qui parles-tu ?

– De vous autres. » Le coiffeur hésita : « Avant vous autres, nous vivions dans un village de merde, comme tous les villages, mais maintenant celui-ci a le pompon.

– Si tu oses me le dire, c'est parce que tu sais que je n'y suis pour rien, répliqua le juge qui ajouta, sans agressivité : Parlerais-tu de la même façon au lieutenant ? »

186

Le coiffeur admit que non.

« Vous ne savez pas, dit-il, ce que c'est que de se lever tous les matins avec la certitude qu'on va vous tuer, et cela pendant dix ans, sans que cela arrive.

– En effet, admit le juge Arcadio. Et je ne veux pas le savoir.

– Alors, faites votre possible pour ne jamais le savoir », dit le coiffeur.

Le juge pencha la tête. Après un long silence, il demanda : « Sais-tu une chose, Guardiola ? » Et, sans attendre la réponse, il poursuivit : « Le lieutenant est en train de sombrer. Et il s'enfonce un peu plus chaque jour parce qu'il a découvert un plaisir dont on ne revient pas : petit à petit, et sans beaucoup de bruit, il devient riche. »

Comme le perruquier l'écoutait en silence, il conclut : « Je te parie qu'il n'y aura plus un mort à cause de lui.

– Vous croyez ?

– Je te parie tout ce que tu veux, insista le juge Arcadio. Pour lui, actuellement, la paix est la meilleure affaire. »

Le coiffeur finit sa coupe, renversa le fauteuil en arrière et changea la serviette sans parler. Quand il reprit la conversation, il y avait une pointe de désarroi dans sa voix :

« Il est étrange que ce soit vous qui me disiez cela. Et que vous me le disiez à moi. »

Sa position ne le lui permettait pas, autrement le juge Arcadio aurait haussé les épaules.

« Ce n'est pas la première fois que je le dis, précisa-t-il.

– Le lieutenant est votre meilleur ami. »

Le coiffeur parlait plus bas, et sa voix était tendue et confidentielle. Concentré sur son travail, il avait cette expression que prend pour signer quelqu'un qui n'a pas l'habitude d'écrire.

« Dis-moi, Guardiola, demanda le juge avec une certaine solennité. Qu'est-ce que tu penses de moi ? »

Le coiffeur avait commencé à le raser. Il réfléchit un moment avant de répondre.

« Jusqu'à maintenant, dit-il, j'avais pensé que vous étiez un homme qui sait qu'il s'en va, et qui veut partir. »

Le juge sourit :

« Tu peux continuer de le penser. »

Il se laissait raser avec la même passivité triste qu'il aurait eue pour se laisser égorger. Il garda les yeux fermés tandis que le coiffeur lui frottait le menton avec une pierre d'alun, le poudrait et secouait la poudre avec une brosse aux soies très douces. En lui ôtant la serviette du cou, il lui glissa un papier dans la poche de sa chemise.

« Vous vous trompez sur un seul point, juge Arcadio. Dans ce pays il va y avoir du grabuge. »

Le juge Arcadio s'assura qu'ils étaient bien seuls au salon. Le soleil brûlant, le ronflement de la machine à coudre dans le silence de neuf heures et demie, ce lundi inéluctable, lui en dirent plus : on aurait pu croire qu'ils étaient seuls dans le village. Il sortit le papier de sa poche et le lut. Le barbier lui tourna le dos pour mettre de l'ordre sur la tablette. « Deux années de discours, cita-t-il de mémoire. Et toujours le même état de siège, la même censure de presse, les mêmes fonctionnaires. » Voyant dans la glace que le juge Arcadio avait terminé sa lecture, il lui dit :

« Faites-le circuler. »

Le juge rempocha le papier.

« Tu es courageux, dit-il.

– Si un jour je m'étais trompé sur quelqu'un, dit le coiffeur, il y a longtemps que je ne serais plus qu'une poignée de chair dans mon petit cercueil. » Et, d'une voix sérieuse : « Mais souvenez-vous d'une chose, juge Arcadio, cela, personne ne peut l'éviter. »

En sortant du salon de coiffure, le juge Arcadio se sentit la gorge sèche. Il entra au billard et commanda deux grands verres d'alcool; il les avala coup sur coup et comprit qu'il lui restait pas mal à boire pour dissiper ses affres. A l'Université, un samedi saint, il avait essayé d'appliquer au doute un traitement de cheval : il était entré dans les pissotières d'un bar, entièrement à jeun, s'était versé de la poudre dans un chancre et y avait mis le feu.

Au quatrième verre, don Roque modéra la dose et sourit : « A ce rythme-là, on va vous emmener comme les toreros. Sur les épaules. » Il sourit à son tour, mais son regard restait éteint. Une demi-heure plus tard, il se rendit aux cabinets, urina et, avant de sortir, jeta la feuille clandestine dans la cuvette.

Quand il regagna le comptoir, il trouva la bouteille auprès du verre; une ligne tracée à l'encre indiquait la hauteur de son contenu. « Vous me devez tout ce qui manque », lui dit don Roque en s'éventant lentement. Ils étaient seuls dans la salle. Le juge Arcadio remplit à demi son verre et se mit à boire sans hâte. « Savez-vous une chose ? » demanda-t-il. Et comme don Roque avait l'air de ne pas entendre, il insista :

« Il va y avoir du grabuge. »

Don Sabas pesait sur la balance son déjeuner d'oiseau quand on lui annonça une nouvelle visite de M. Carmichaël. « Dis-lui que je dors », murmura-t-il à l'oreille de sa femme. Et, effectivement, dix minutes plus tard, il dormait. A son réveil, l'air était devenu sec et la chaleur paralysait la maison. Il était plus de midi.

« De quoi as-tu rêvé ? lui demanda la femme.

– Je n'ai pas rêvé. »

Elle avait attendu que son mari se réveille sans être dérangé. Au bout d'un moment, on entendit bouillir l'eau de la seringue hypodermique et don Sabas se fit une injection d'insuline dans la cuisse.

« Voilà presque trois ans que tu ne rêves plus, dit la femme, d'une voix lente et désenchantée.

– Merde alors ! s'écria-t-il. Qu'est-ce que tu veux que j'y fasse ? On ne peut pas rêver de force. »

Des années plus tôt, durant sa brève sieste à l'heure de midi, don Sabas avait rêvé d'un chêne qui, au lieu de fleurs, produisait des lames de rasoir. Sa femme avait interprété le songe et gagné à la loterie.

« Si ce n'est pas aujourd'hui, ce sera demain, dit-elle.

– Ni aujourd'hui ni demain, s'impatienta don Sabas. Je ne vais pas rêver uniquement pour satisfaire tes conneries. »

190

Il s'allongea à nouveau sur le lit tandis que son épouse rangeait la chambre. Toutes sortes d'instruments, pointus ou tranchants, avaient été bannis de la pièce. Une demi-heure passa et don Sabas se redressa par petites étapes en évitant de trop bouger.

« Eh bien? demanda-t-il en s'habillant. Qu'a dit Carmichaël?

– Qu'il reviendra plus tard. »

Ils ne se parlèrent plus jusqu'au moment où ils se retrouvèrent assis à table. Don Sabas picorait son régime sommaire de malade. Sa femme se servit un déjeuner complet et visiblement trop abondant pour son corps fragile et sa mine langoureuse. Ce n'est qu'après une longue réflexion qu'elle se décida à demander :

« Et qu'est-ce que veut Carmichaël? »

Don Sabas ne leva même pas la tête :

« Que pourrait-il vouloir d'autre? Des sous.

– Je m'en doutais, soupira la femme, qui poursuivit, charitable : Pauvre Carmichaël, des fleuves d'argent lui passent par les mains depuis des années et des années et il vit de la charité publique. » A mesure qu'elle parlait, son enthousiasme de gourmande s'envolait.

« Donne-les-lui, Sabitas, supplia-t-elle. Dieu te le rendra. »

Elle posa la fourchette et le couteau sur l'assiette et demanda, intriguée :

« Combien veut-il?

– Deux cents pesos, répondit don Sabas, imperturbable.

– Deux cents pesos!

– Tu imagines! »

Si le dimanche était son jour le plus actif, don Sabas avait chaque lundi un après-midi tranquille. Il pouvait passer des heures et des heures au bureau, à somnoler devant le ventilateur électrique, tandis que le troupeau grandissait, engraissait et se multipliait dans ses élevages. Cet après-midi-là, pourtant, la sérénité paraissait lui être refusée.

« C'est la chaleur », dit la femme.

Les pupilles ternes de don Sabas laissèrent voir une lueur d'exaspération. Dans le petit bureau, avec sa vieille table de bois, quatre fauteuils de cuir et des harnais roulés dans les coins, l'air était épais et tiède derrière les persiennes closes.

« C'est possible, dit-il. Il n'avait jamais fait aussi chaud en octobre.

— Voilà quinze ans, avec des chaleurs comme celle-ci, nous avions eu un tremblement de terre. Tu t'en souviens ?

— Non, dit don Sabas, distrait. Tu sais que je ne me souviens jamais de rien. Et puis, ajouta-t-il de mauvaise humeur, cet après-midi, je n'ai pas envie de parler de malheurs. »

Fermant les yeux, les bras croisés sur le ventre, il feignit de dormir. « Si Carmichaël vient, murmura-t-il, dis-lui que je ne suis pas là. » Une expression suppliante altéra le visage de son épouse.

« Tu n'as pas de cœur », dit-elle.

Mais il ne parla plus. Elle abandonna le bureau, sans faire le moindre bruit en refermant la porte grillagée. Le soir tombait quand, après avoir dormi pour de bon, don Sabas ouvrit les yeux et vit devant lui, comme s'il rêvait encore, le maire qui attendait, assis, qu'il se réveille. Celui-ci sourit :

« Un homme comme vous ne doit pas dormir avec sa porte ouverte. »

Don Sabas ne se montra nullement troublé. « Pour vous, dit-il, mes portes sont toujours ouvertes. » Il allongea le bras pour agiter la sonnette mais le maire, d'un geste, l'arrêta.

« Vous ne voulez pas de café ? demanda don Sabas.

– Pas pour l'instant, dit le maire en promenant sur la pièce un regard nostalgique. J'étais très bien ici, pendant que vous dormiez. J'avais l'impression de me trouver ailleurs, dans un autre village. »

Don Sabas se frotta les paupières du revers des doigts.

« Quelle heure est-il ? »

Le maire consulta sa montre. « Bientôt cinq heures », dit-il. Après quoi, changeant de position sur le fauteuil, il découvrit d'une voix douce ses intentions.

« Bon, nous parlons ?

– Je suppose que je ne peux pas faire autrement, dit don Sabas.

– Ça serait vraiment inutile, dit le maire, car ce n'est un secret pour personne. » Et avec la même fluidité tranquille, sans forcer à aucun moment le geste ou les mots, il ajouta :

« Dites-moi une chose, don Sabas : Combien d'animaux avez-vous soustraits à la veuve Montiel et marqués à votre nom depuis qu'elle vous a proposé de vendre ? »

Don Sabas haussa les épaules.

« Je n'en ai pas la moindre idée.

– Vous n'avez pas oublié que cela porte un nom, affirma le maire.

– Abigéat, précisa don Sabas.

– Exactement, confirma le maire, qui poursuivit, imperturbable : Mettons, par exemple, que vous ayez soustrait deux cents bêtes en trois jours.

– Ouille! Ouille! protesta don Sabas.

– Alors, deux cents, dit le maire. Vous connaissez les conditions : cinquante pesos d'impôts municipaux par tête.

– Quarante.

– Cinquante. »

Don Sabas eut un silence résigné. Les épaules appuyées contre le dossier de son fauteuil à ressorts, il faisait tourner sa bague à la pierre noire et polie autour de son doigt, les yeux fixés sur un jeu d'échecs imaginaire.

Le maire l'observait avec une attention impitoyable. « Cette fois, pourtant, les choses ne s'arrêtent pas là, continua-t-il. A partir d'aujourd'hui et où qu'il se trouve, tout l'élevage de la succession José Montiel est sous la protection du maire. » Après avoir attendu une réponse qui ne vint pas, il expliqua :

« Cette pauvre femme, comme vous le savez, est complètement folle.

– Et Carmichaël?

– Carmichaël est depuis deux heures sous surveillance. »

Don Sabas regarda le maire avec une expression qui pouvait être d'admiration ou de stupeur. Brusquement, il abattit sur le bureau la masse flasque de son corps, secoué par un irrésistible rire intérieur.

« Quelle merveille, mon lieutenant, dit-il. Mais vous devez croire que vous rêvez. »

Le docteur Giraldo eut, au soir tombant, la certitude d'avoir regagné beaucoup de terrain sur le passé. Les amandiers de la place redevenaient poussiéreux. Un nouvel hiver s'avançait mais ses pas discrets laissaient une trace profonde dans le souvenir. Le père Angel, qui revenait de sa promenade vespérale, trouva le médecin qui s'efforçait d'introduire sa clef dans la serrure du cabinet de consultation. Il sourit :

« Vous voyez, docteur, même pour ouvrir une porte on a besoin de l'aide de Dieu.

– Ou d'une lanterne », sourit à son tour le médecin.

Il fit tourner la clef dans la serrure et concentra toute son attention sur le père Angel. Il le vit massif et violet dans le crépuscule. « Attendez, mon père, dit-il. J'ai l'impression que votre foie vous joue des tours. » Et il le retint par le bras.

« Vous croyez ? »

Le médecin alluma la lampe de l'entrée et examina avec une attention plus humaine que professionnelle le visage du curé. Puis il ouvrit la porte grillagée et éclaira la salle de consultation.

« Il ne serait peut-être pas superflu que vous consacriez cinq minutes à votre corps, mon père. Nous allons prendre votre tension. »

Le père Angel était pressé. Mais, devant l'insistance du médecin, il entra dans le cabinet et prépara son bras pour le tensiomètre.

« De mon temps, dit-il, ces choses-là n'existaient pas. »

Le docteur Giraldo plaça une chaise devant le prêtre et s'assit afin d'appliquer l'appareil. Il sourit à nouveau :

« Votre temps, c'est celui-ci. Et vous ne pouvez pas en abstraire votre corps. »

Tandis que le médecin étudiait le cadran, le prêtre examinait les lieux avec cette curiosité bébête qu'inspirent généralement les salles d'attente. Accrochés aux murs, il y avait un diplôme jauni, une lithographie représentant une fillette carmin avec une joue que le bleu rongeait et un tableau sur lequel un médecin disputait à la mort une femme nue. Au fond, derrière un brancard de fer peint en blanc, se dressait une armoire où s'alignaient des flacons avec leurs étiquettes. Près de la fenêtre, une vitrine exhibait des instruments et deux autres étaient bourrées de livres. La seule odeur reconnaissable était celle de l'alcool dénaturé.

Le docteur Giraldo garda un visage impassible jusqu'à la fin de l'opération.

« Dans cette pièce il manque un saint », murmura le père Angel.

Le médecin examina les murs. « Et pas seulement ici, dit-il. Il en manque aussi dans le village. » Il rangea le tensiomètre dans un étui de cuir et tira d'un geste énergique sur la fermeture Eclair :

« Mon père, votre tension est excellente.

— Je m'en doutais, dit le curé qui ajouta avec

une langoureuse perplexité : Je ne m'étais jamais senti aussi bien en octobre. »

Il fit redescendre lentement sa manche. Avec sa soutane aux bords reprisés, ses souliers fendillés et ses mains rugueuses dont les ongles paraissaient faits de corne roussie, il révélait en cet instant sa condition d'extrême pauvreté.

« Et pourtant, répliqua le médecin, je dois avouer que vous m'inquiétez. Votre façon de vivre s'accorde fort peu avec un mois d'octobre comme celui-ci.

– Notre Seigneur est exigeant », dit le curé.

Le médecin lui tourna le dos pour regarder par la fenêtre les eaux sombres du fleuve. « Je me demande jusqu'à quel point, dit-il. S'efforcer, durant tant d'années, de cuirasser l'instinct des gens en sachant fort bien qu'au-dessous rien n'a changé, ne me paraît pas très catholique. »

Et, après une longue pause, il ajouta :

« N'avez-vous pas eu l'impression, ces derniers jours, que votre travail implacable a commencé de s'effriter ?

– Tous les soirs, au long de toute ma vie, j'ai eu cette impression, dit le père Angel. C'est pourquoi je sais que je dois recommencer avec plus d'énergie le lendemain. »

Il s'était levé. « Il va être six heures », dit-il en se préparant à quitter le cabinet de consultation. Sans s'écarter de la fenêtre, le médecin parut allonger le bras sur ses pas pour lui dire :

« Mon père, un de ces soirs, posez-vous une main sur le cœur et demandez-vous si vous n'êtes pas en train de coller du sparadrap sur la morale. »

Le père Angel ne put dissimuler un terrible étouffement intérieur. « A l'heure de votre mort, dit-il, vous saurez combien vos paroles, docteur, pèseront dans la balance. » Il souhaita le bonsoir et referma doucement la porte en sortant.

Il ne put se concentrer durant la prière. Comme il fermait l'église, Mina s'approcha pour lui dire qu'une seule souris s'était laissé prendre en deux jours. Il avait l'impression qu'en l'absence de Trinidad les souris avaient proliféré et menaçaient de miner le temple. Pourtant, Mina avait tendu les pièges. Elle avait empoisonné le fromage, traqué à la trace la progéniture et bouché avec du goudron les nouveaux nids que lui-même l'aidait à découvrir.

« Mets un peu de foi dans ton travail, lui avait-il dit, et les souris viendront jusqu'à tes pièges comme des agneaux. »

Il se tourna et se retourna sur sa natte usée avant de s'endormir. Dans l'énervement causé par la veille, il eut pleinement conscience de cet obscur sentiment de débâcle que le médecin avait introduit dans son cœur. Cette inquiétude, puis l'invasion de l'église par les souris et l'effroyable paralysie du couvre-feu, tout s'accorda pour l'entraîner vers le remous d'un souvenir qu'il redoutait.

Il venait d'arriver au village lorsqu'on l'avait réveillé à minuit pour donner les derniers sacrements à Nora Jacob. Il avait reçu d'elle une confession dramatique, exprimée d'une manière sereine, sans fioritures mais détaillée, dans une chambre préparée pour accueillir la mort : avec seulement un crucifix surmontant le chevet du lit et de nombreuses chaises vides alignées contre les murs. La moribonde lui avait révélé que son mari, Nestor Jacob, n'était pas le père de la fille qui venait de naître. Le père Angel avait accepté d'accorder l'absolution à une condition : que l'on recommence la confession et que l'acte de contrition soit achevé en présence du mari.

OBÉISSANT aux ordres rythmés du directeur, les équipes déterrèrent les pieux et le chapiteau se dégonfla, catastrophe solennelle, avec un sifflement plaintif, semblable à celui du vent dans les arbres. A l'aube, il était ployé, et les femmes et les enfants déjeunaient sur les malles tandis que les hommes embarquaient les fauves. Quand les sirènes des vedettes retentirent pour la première fois, les cendres des feux sur le sol pelé étaient la seule trace prouvant qu'un animal préhistorique était passé par le village.

Le maire n'avait pas dormi. Après avoir observé de son balcon l'embarquement du cirque, il se mêla à l'effervescence du port, toujours sanglé dans son uniforme de campagne, les yeux irrités par le manque de sommeil et le visage durci par une barbe de deux jours. Le directeur l'aperçut du pont du bateau :

« Salut, lieutenant, lui cria-t-il. Je vous laisse votre royaume. »

Il était engoncé dans une salopette lustrée qui

donnait à ses traits énergiques un air sacerdotal. Il portait son fouet enroulé autour du poignet.

Le maire s'approcha de la rive. « Je regrette, général, cria-t-il à son tour avec bonne humeur en écartant les bras. J'espère que vous aurez l'honnêteté de dire pourquoi vous partez. » Il se tourna vers la foule et expliqua :

« J'ai retiré la permission parce qu'il n'a pas voulu donner une représentation gratuite pour les enfants. »

L'ultime sirène des vedettes et aussitôt après le ronflement des moteurs étouffèrent la réponse du directeur. L'eau répandit une haleine de fange remuée. Le directeur attendit que les bateaux eussent amorcé leur virage au milieu du fleuve. Appuyé sur le bastingage et faisant de ses deux mains un porte-voix, il hurla de toute la force de ses poumons :

« Adieu, flicard fils de cornard ! »

Le maire ne sourcilla pas. Les mains dans les poches, il attendit l'instant où cessa au loin le bruit des moteurs. Puis, en souriant, il se fraya un passage à travers la multitude et entra dans la boutique de Moshé le Syrien.

Il était presque huit heures. Le Syrien avait commencé à mettre à l'abri la marchandise exposée devant sa porte.

« Alors, comme ça, vous aussi vous pliez bagages, lui dit le maire.

– Pas pour longtemps, répondit le Syrien en regardant le ciel. Mais la pluie menace.

– Le mercredi, il ne pleut jamais », affirma le maire.

Il s'accouda au comptoir et regarda les nuages

épais qui flottaient sur le port, jusqu'au moment où le Syrien acheva de rentrer sa marchandise et ordonna à sa femme d'apporter du café.

« Si ça continue, soupira-t-il comme pour lui-même, il nous faudra bientôt emprunter des gens aux autres villages. »

Le maire buvait lentement son café à petites gorgées. Trois familles venaient d'abandonner le pays. Selon Moshé le Syrien, cinq familles en tout étaient donc parties en une semaine.

« Tôt ou tard elles reviendront », dit le maire. Il scruta les taches énigmatiques laissées par le café au fond de sa tasse et commenta, l'air absent : « Où qu'elles aillent, elles se souviendront que leur cordon ombilical est enterré dans ce village. »

En dépit de ses prévisions, il dut attendre dans la boutique la fin d'une violente averse qui, durant quelques minutes, noya le village sous son déluge. Puis il se rendit à la caserne où il trouva M. Carmichaël, ruisselant de pluie sur un tabouret, au centre de la cour.

Il n'y prêta pas attention. Après avoir reçu le rapport de l'agent de service, il se fit ouvrir la cellule où Pepe Amador, allongé à plat ventre sur le sol de brique, semblait dormir profondément. Il le retourna de la pointe de sa botte et s'attarda à observer avec une secrète commisération le visage rendu méconnaissable par les coups.

« Depuis quand n'a-t-il pas mangé ?

– Depuis avant-hier soir. »

Il donna l'ordre de le lever. Le saisissant par les aisselles, trois policiers traînèrent le corps à travers la cellule et l'assirent sur la tablette de béton fixée dans le mur à un demi-mètre de hauteur. Une ombre humide persista à l'endroit où le corps avait séjourné.

Tandis que deux agents le maintenaient assis, un autre lui releva la tête en l'empoignant par les cheveux. Sa respiration irrégulière et le rictus épuisé de ses lèvres permettaient seulement de penser qu'il n'était pas mort.

Quand les policiers l'abandonnèrent, Pepe Amador ouvrit les yeux et s'agrippa à tâtons au rebord de béton. Puis il s'allongea sur le ventre avec un rauque gémissement.

Le maire quitta la cellule en ordonnant qu'un repas soit servi au prisonnier et qu'on le laisse dormir un peu. « Après, dit-il, vous continuerez à le cuisiner jusqu'à ce qu'il crache tout ce qu'il sait. Je ne crois pas qu'il puisse vous résister long-temps. » Du balcon, il vit à nouveau M. Carmichaël dans la cour; recroquevillé sur son tabouret, il se tenait le visage entre les mains.

« Rovira, va chez Carmichaël et dis à sa femme de lui envoyer du linge. Après ça, ajouta-t-il d'un ton autoritaire, tu me l'amèneras à mon bureau. »

Il commençait à s'endormir, appuyé sur sa table de travail, quand on frappa. C'était M. Carmichaël, habillé de blanc et maintenant sec, ou presque, car ses souliers étaient gonflés et mous comme ceux d'un noyé. Avant de passer aux choses sérieuses, le maire voulut envoyer un policier lui chercher une paire de chaussures.

M. Carmichaël leva un bras vers ce dernier. « Laissez-moi tel quel », dit-il. Et, s'adressant au maire avec un regard de sévère dignité, il expliqua :

« Je n'en ai pas d'autres. »

Le maire le fit asseoir. Vingt-quatre heures plus tôt, M. Carmichaël avait été conduit au bureau blindé et soumis à un dur interrogatoire concernant les biens de Montiel. Il avait fait un exposé détaillé. Finalement, quand le maire avait révélé son intention d'acquérir l'héritage au prix que fixaient les experts de la mairie, il avait annoncé sa détermination de ne rien permettre tant que la succession ne serait pas réglée.

Cet après-midi, après deux jours passés sous la pluie et le ventre creux, sa réponse révélait la même inflexibilité.

« Tu es têtu comme un mulet, Carmichaël, lui dit le maire. Si tu attends que la succession soit réglée, cette canaille de don Sabas aura fini de marquer à son nom tout l'élevage de Montiel. »

M. Carmichaël haussa les épaules.

« Parfait, dit le maire après une longue pause. Tout le monde sait que tu es un homme honnête. Mais souviens-toi d'une chose : il y a cinq ans, don Sabas a remis à José Montiel la liste complète des gens qui étaient en liaison avec les guérilleros, ce qui lui a permis d'être le seul chef de l'opposition à pouvoir rester au village.

– Avec le dentiste », insinua, sarcastique, M. Carmichaël.

Le maire ne tint pas compte de l'interruption.

« Crois-tu que pour un type de cet acabit, capable de vendre pour rien ses propres gens, ça vaille vraiment la peine de rester comme toi vingt-quatre heures en plein soleil ou, la nuit, sous la pluie ? »

M. Carmichaël baissa la tête et regarda ses ongles. Le maire s'assit sur son bureau.

« Et puis, dit-il d'une voix douce, pense à tes enfants. »

M. Carmichaël ignorait que sa femme et ses deux aînés avaient rendu visite au maire la veille au soir et que celui-ci leur avait promis qu'avant vingt-quatre heures il aurait retrouvé sa liberté.

« N'ayez crainte, affirma-t-il. Ils savent comment se défendre. »

Il ne leva pas la tête avant d'avoir entendu le maire aller et venir d'un bout à l'autre de la pièce. Il soupira : « Il vous reste une autre solution, lieutenant. » Avant de poursuivre, il le regarda avec une tendre mansuétude :

« Flanquez-moi une balle dans la tête. »

Il n'obtint pas de réponse. Un moment plus tard, le maire était profondément endormi dans sa chambre et M. Carmichaël était, lui, revenu à son tabouret.

A deux rues seulement de la caserne, le secrétaire du juge de paix était aux anges. Il avait passé la matinée à somnoler au fond du bureau et sans même l'avoir cherché il avait vu les seins magnifiques de Rébecca Asis. Ce fut comme un éblouissement en plein midi : brusquement, la porte de la salle de bains s'était ouverte et cette femme fascinante, qui portait pour tout vêtement une serviette enroulée autour de la tête, avait lancé un cri muet et s'était précipitée pour fermer la fenêtre.

Durant une demi-heure, le secrétaire continua d'endurer dans la pénombre la nostalgie amère de cette hallucination. Vers midi, il cadenassa la porte et alla donner quelque subsistance à son souvenir.

Alors qu'il passait devant le bureau du Télégraphe, le receveur des Postes lui fit signe : « Nous allons avoir un nouveau curé. La veuve Asis a envoyé une lettre à l'évêque. » Le secrétaire ne voulut rien entendre :

« La vertu principale d'un homme, c'est de savoir garder un secret », dit-il.

A l'angle de la place, il se heurta à M. Benjamin qui, visiblement, hésitait à sauter les flaques d'eau qui le séparaient de sa boutique. « Ah! si vous saviez, monsieur Benjamin..., commença le secrétaire.

– Si je savais quoi ?

– Rien, dit le secrétaire. J'emporterai mon secret dans la tombe. »

M. Benjamin haussa les épaules. Il vit le secrétaire franchir les mares avec une telle souplesse juvénile qu'il se lança à son tour dans l'aventure.

Durant son absence, quelqu'un avait apporté dans l'arrière-boutique un plateau avec trois plats garnis, des assiettes, des couverts et une nappe pliée. M. Benjamin étendit la nappe sur la table et mit chaque chose à sa place pour le déjeuner. Tout cela avec un soin extrême. Il avala d'abord une soupe jaune sur laquelle flottaient de grands cercles de graisse et un os sans viande. Il mangea ensuite dans une autre assiette du riz blanc, quelques morceaux de ragoût et un bout de manioc frit. Il commençait à faire chaud mais M. Benjamin semblait l'ignorer. Son repas terminé, il empila les assiettes sur les autres, rangea les raviers sur le plateau et but un verre d'eau.

Il se préparait à suspendre son hamac quand il entendit des pas dans sa boutique.

Une voix somnolente demanda :

« M. Benjamin est-il ici ? »

Il tendit le cou et vit une femme en noir, les cheveux enfouis sous une serviette de toilette. Cette apparition à la peau couleur de cendre était la mère de Pepe Amador.

« Je ne suis pas là, dit M. Benjamin.

– C'est vous, dit la femme.

– Je sais, dit-il. Mais c'est comme si ce n'était pas moi car je connais le but de votre visite. »

La femme hésita devant la petite porte de l'arrière-boutique tandis que M. Benjamin finissait de suspendre son hamac. Un sifflement ténu s'échappait de ses poumons chaque fois qu'il respirait.

« Ne restez pas comme ça, lança-t-il, durement. Partez, ou alors entrez jusqu'ici. »

La femme vint occuper un siège devant la table et se mit à sangloter en silence.

« Excusez-moi, dit-il. Mais vous devez comprendre que vous me compromettez en restant là, sous les yeux de tous. »

La mère de Pepe Amador découvrit son visage et s'essuya les yeux avec la serviette. Par pure habitude, M. Benjamin, son hamac maintenant prêt, vérifia la résistance des cordes. Puis il s'occupa de la femme.

« En somme, vous voulez que je vous rédige une requête ? »

La femme acquiesça d'un signe de tête.

« C'est bien cela, poursuivit M. Benjamin. Vous croyez encore aux requêtes. » Il baissa la voix : « Pourtant, à notre époque, on ne demande pas justice avec des papiers : on l'obtient à coups de revolver.

– Tout le monde dit cela. Mais le hasard veut que je sois la seule à avoir un fils en prison. »

Tout en parlant, elle dénouait le mouchoir qu'elle tenait serré dans un de ses poings et en sortait plusieurs billets trempés de sueur : huit pesos au total. Elle les tendit à M. Benjamin.

« C'est tout ce que j'ai », dit-elle.

M. Benjamin regarda l'argent. Il haussa les épaules, prit les billets et les posa sur la table. « Je sais que c'est inutile. Mais je vais quand même le faire pour prouver à Dieu que je suis un homme têtu. » La femme le remercia sans parler et se remit à sangloter.

« De toute façon, lui conseilla M. Benjamin, essayez d'obtenir du maire qu'il vous laisse voir votre fils et convainquez celui-ci de dire ce qu'il sait. Autrement, c'est comme si vous jetiez votre requête aux cochons. »

Elle renifla dans la serviette, dissimula à nouveau son visage et sortit de la boutique sans se retourner.

M. Benjamin fit la sieste jusqu'à quatre heures. Quand il alla se laver dans la cour, le temps était clair et l'air rempli de fourmis volantes. Après s'être changé et avoir peigné les quatre cheveux qui lui restaient sur le crâne, il se rendit au bureau du Télégraphe acheter une feuille de papier timbrée.

Il revenait vers sa boutique écrire la requête quand il comprit qu'il se passait quelque chose au village. Il perçut des cris lointains. Il interrogea un groupe de garçons qui passaient en courant et qui lui répondirent sans s'arrêter. Il retourna au bureau du Télégraphe et rendit la feuille de papier timbrée.

« Je n'en ai plus besoin, dit-il. Ils viennent de tuer Pepe Amador. »

A DEMI endormi encore, tenant d'une main son ceinturon et boutonnant de l'autre sa tunique, le maire descendit quatre à quatre l'escalier de sa chambre. La couleur du jour bouleversa son sens du temps. Il comprit avant de connaître la situation qu'il devait se diriger vers la caserne.

Les fenêtres se fermaient sur son passage. Une femme s'approchait en courant, les bras ouverts, au milieu de la rue. Des fourmis volaient dans l'air limpide. Le maire, sans autres renseignements, dégaina son revolver et se mit à courir.

Des femmes essayaient de forcer la porte de la caserne, défendue par une poignée d'hommes. Le maire se fraya brutalement un passage, s'adossa à la porte et braqua son arme sur tous.

« Celui qui avance, je le descends! »

Un policier qui était venu à la rescousse et se tenait derrière lui, le fusil en joue, ouvrit alors la porte et fit retentir son sifflet. Deux autres policiers accoururent au balcon, tirèrent en l'air à plusieurs reprises et le groupe se dispersa aux deux extrémités de la rue. Au même instant, en hurlant comme un chien, la femme apparut au carrefour. Le lieutenant reconnut la mère de Pepe Amador. Il fit un bond en arrière et ordonna à l'agent, de l'escalier :

« Occupez-vous de cette femme. »

A l'intérieur, le silence était total. C'est après avoir écarté les policiers qui obstruaient l'entrée de la cellule et en regardant Pepe Amador que le maire prit conscience de la réalité. Le prisonnier gisait recroquevillé sur le sol, les mains entre les cuisses. Il était pâle mais ne présentait pas de traces de sang.

Maintenant convaincu qu'aucune blessure ne meurtrissait le corps, le maire étendit le mort sur le dos, rentra les pans de la chemise dans le pantalon et reboutonna la braguette. Pour finir, il reboucla la ceinture.

Quand il se releva, il avait retrouvé son assurance, mais l'air qu'il prit pour dévisager les policiers révélait un début de lassitude.

« Qui a fait ça ?

– Nous tous, dit le géant blond. Il a voulu s'enfuir. »

Le maire le regarda, songeur, et durant quelques secondes parut déconcerté. « Une histoire comme ça, personne n'y croit plus », dit-il. Il s'avança, la main tendue, vers le géant blond.

« Donne-moi ton revolver. »

Le policier ôta son ceinturon et le lui remit. Après avoir remplacé par de nouvelles balles les deux balles utilisées, le maire glissa celles-ci dans sa poche et confia l'arme à un autre policier. Le géant blond qui, vu de près, paraissait nimbé d'un halo de puérilité, se laissa conduire dans la cellule voisine. Il se mit complètement nu et tendit au maire ses vêtements. Tout cela sans hâte, chacun connaissant les gestes d'usage, comme dans une cérémonie. Finalement, le maire ferma lui-même la cellule du mort et gagna le balcon donnant sur la cour. M. Carmichaël était toujours là sur son tabouret.

Conduit au bureau du maire, il refusa l'invitation à s'asseoir. Il resta debout devant la table, dans son costume à nouveau mouillé, et remua à peine la tête quand le maire lui demanda s'il avait tout suivi d'un bout à l'autre.

« Bon, dit le lieutenant, je n'ai pas encore eu le temps de penser à ce que je vais faire, et je ne sais même pas si je vais faire quelque chose. Mais quelle que soit ma décision, souviens-toi de ceci : que tu le veuilles ou non, nous sommes embarqués dans la même galère. »

M. Carmichaël resta indifférent devant la table, le linge collé au corps et la chair déjà légèrement tuméfiée, comme s'il continuait de flotter dans sa troisième nuit de noyé. Le maire attendait en vain un signe de vie.

« Alors, comprends la situation, Carmichaël : maintenant nous sommes solidaires. »

Il parlait gravement, et même avec une légère dramatisation. Mais le cerveau de M. Carmichaël ne paraissait pas enregistrer ses paroles. Il demeura immobile devant la table, triste et le corps gonflé, bien après que la porte blindée se fut refermée.

Devant la caserne, deux policiers tenaient par les poignets la mère de Pepe Amador. Pour une trêve apparente. La femme avait retrouvé une respiration paisible et ses yeux étaient secs. Mais quand le maire apparut sur le seuil, elle se débattit avec une telle violence que l'un des policiers dut la lâcher et l'autre l'immobiliser à terre d'un croc-en-jambe.

Le maire ne la regarda pas. Accompagné d'un autre policier, il se planta devant le groupe qui, au coin de la rue, assistait au pugilat.

« Que l'un d'entre vous, dit-il, si vous voulez éviter le pire, ramène cette femme chez elle. »

Toujours suivi du policier, il s'ouvrit un passage à travers le groupe et se rendit à la justice de paix. N'y trouvant personne, il alla au domicile du juge dont il poussa la porte sans frapper :

« Juge Arcadio! » cria-t-il.

La compagne du juge, tout à la méchante humeur de sa grossesse, lui répondit dans la pénombre :

« Il n'est pas là. »

Le maire ne bougea pas :

« Et où est-il?

– Comme toujours, dit la femme. Parti se faire foutre! »

Le maire fit signe à l'agent d'entrer. Ils passèrent, sans la regarder, devant la femme. Après avoir fouillé et mis sens dessus dessous la chambre, et s'être rendu compte qu'aucun objet d'homme n'y traînait, ils regagnèrent le salon.

« Et depuis quand est-il parti?

– Depuis deux nuits. »

Il fallut au maire une longue pause pour réfléchir.

« Le fils de pute! cria-t-il soudain. Mais il peut se cacher à cinquante mètres sous terre, il peut retourner se blottir dans le ventre de sa putain de mère, nous l'en sortirons vivant ou mort. Le Gouvernement a le bras long. »

La femme soupira.

« Dieu vous entende, lieutenant ! »

La nuit tombait. La police continuait de maintenir à distance quelques groupes au coin des rues longeant la caserne, mais la mère de Pepe Amador n'était plus là et le village semblait tranquille.

Le maire alla tout droit jusqu'à la cellule du mort. Il fit apporter une bâche et, avec l'aide du policier, en enveloppa le cadavre auquel il avait remis sa casquette et ses lunettes. Il chercha ensuite en différents endroits de la caserne des cordes et du fil de fer et ficela le corps en spirale, du cou aux chevilles. Sa tâche terminée, il était en sueur mais avait l'air rasséréné. Comme si, physiquement, il avait libéré ses épaules du poids du cadavre.

C'est seulement alors qu'il alluma la lampe de la cellule. « Va chercher une pelle, une pioche et une lanterne, ordonna-t-il au policier. Et appelle Gonzalez. Vous irez dans l'arrière-cour et creuserez un trou très profond, à l'autre bout, dans la partie la plus sèche. » Il paraissait inventer chaque mot au fur et à mesure qu'il parlait.

« Et mettez-vous bien cette foutaise à jamais dans la tête, conclut-il : ce garçon n'est pas mort. »

Deux heures plus tard, ils n'avaient pas encore fini de creuser la sépulture. Du balcon, le maire constata qu'il n'y avait plus personne dans la rue, à l'exception de ses hommes qui montaient la garde d'un carrefour à l'autre. Il alluma la lampe de l'escalier et s'étendit pour prendre un peu de repos dans le coin le plus sombre de la pièce, écoutant à peine les piaillements espacés d'un butor lointain.

La voix du père Angel l'arracha à sa méditation. Il l'entendit d'abord s'adresser au policier de service, puis à quelqu'un qui l'accompagnait et dont il finit par reconnaître la voix. Il demeura penché sur sa chaise pliante, jusqu'au moment où il entendit à nouveau les voix, maintenant à l'intérieur de la caserne, et les premiers pas dans l'escalier. Il étendit alors le bras gauche dans l'obscurité et saisit sa carabine.

En le voyant apparaître en haut de l'escalier, le père Angel s'arrêta. Deux marches plus bas, le docteur Giraldo se tenait derrière lui, une mallette à la main, dans une blouse blanche, courte et amidonnée. Il découvrit ses dents pointues.

« Je suis déçu, mon lieutenant, dit-il avec bonne humeur. J'ai passé tout l'après-midi à attendre votre appel pour l'autopsie. »

Le père Angel fixa sur lui ses yeux paisibles et transparents avant de les tourner vers le maire. Celui-ci sourit.

« Pas d'autopsie, dit-il. Car il n'y a pas de mort.

– Nous voulons voir Pepe Amador », dit le curé.

Le canon de sa carabine pointé vers le sol, le maire continua de s'adresser au médecin. « Moi aussi, je voudrais le voir. Mais c'est impossible.

« Il s'est enfui », dit-il en cessant de sourire.

Le père Angel monta une marche. Le maire leva sa carabine dans sa direction. « Du calme, mon père, du calme », réclama-t-il. Le médecin, à son tour, monta une marche :

« Ecoutez une chose, dit-il, toujours souriant. Dans ce village, on ne peut garder aucun secret. Depuis quatre heures, tout le monde sait qu'on a fait à ce garçon ce que don Sabas faisait aux ânes qu'il vendait.

– Il s'est enfui », répéta le maire.

Le lieutenant, qui surveillait le médecin, eut à peine le temps de réagir quand le père Angel, les bras levés, grimpa deux marches d'un seul coup.

Le maire déverrouilla son arme d'un revers sec de la main et attendit, jambes écartées :

« Halte ! » cria-t-il.

Le médecin agrippa le curé par la manche de sa soutane. Le père Angel se mit à tousser.

« Jouons cartes sur table, lieutenant », dit le médecin. Sa voix se durcit pour la première fois depuis longtemps. « Il faut pratiquer cette autopsie. Maintenant nous allons éclaircir le mystère des syncopes qui frappent les détenus de cette prison.

– Docteur, dit le maire, si vous faites un pas, je vous tire dessus. » Ses yeux obliquèrent à peine en direction du curé. « Et sur vous aussi, mon père. »

Tous trois demeurèrent immobiles.

« D'ailleurs, poursuivit le maire en s'adressant au prêtre, vous devez être satisfait : c'était ce garçon qui collait les affiches anonymes.

– Pour l'amour de Dieu », commença le père Angel.

La toux convulsive l'empêcha de poursuivre. Le maire attendit la fin de la crise.

« Ouvrez vos oreilles, dit-il alors, car je commence à compter. A trois, je vais tirer, les yeux fermés, sur cette porte. Apprenez-le et ne l'oubliez plus à l'avenir, annonça-t-il clairement au médecin : les plaisanteries, c'est terminé. Docteur, nous sommes en guerre. »

Le médecin entraîna le père Angel par la manche. Il se mit à descendre l'escalier sans tourner le dos au maire, et éclata soudain d'un grand rire franc :

« Quand vous êtes comme ça, vous me plaisez, mon général. Je sens que nous commençons à nous entendre.

– Un ! » compta le maire.

Ils n'entendirent pas le chiffre suivant. Quand ils se séparèrent à l'angle de la caserne, le père Angel, décomposé, tourna la tête car il avait les yeux humides. Le docteur Giraldo, sans abandonner son sourire, lui donna une petite tape sur l'épaule. « Remettez-vous, mon père. C'est la vie. » En tournant au coin de sa rue, il regarda l'horloge qu'éclairait le lampadaire : il était huit heures moins le quart.

Le père Angel ne put dîner. Une fois sonné le couvre-feu, il s'assit pour écrire une lettre et demeura penché sur son bureau jusqu'à plus de minuit tandis qu'une pluie menue effaçait peu à peu le monde autour de lui. Il écrivit obstinément, en traçant des lettres régulières qui révélaient une certaine recherche dans le modelé, et cela avec une telle passion qu'il ne trempait sa plume dans l'encrier que lorsque celle-ci, manquant d'encre, avait rayé le papier de deux mots invisibles.

Le lendemain, après la messe, il expédia la lettre en sachant fort bien qu'elle ne partirait pas avant le vendredi. L'air, qui resta humide et nuageux toute la matinée, devint diaphane vers midi. Un oiseau égaré apparut dans la cour où il resta durant une demi-heure, en faisant entre les nards de petits bonds d'invalide. Il chanta : une note progressive, qui montait chaque fois d'une octave, et finit par être si aiguë qu'elle en devint imaginaire.

Au cours de sa promenade vespérale, le père Angel eut la certitude qu'un parfum d'automne l'avait poursuivi tout l'après-midi. Chez Trinidad, où il bavardait tristement avec la convalescente au sujet des maladies qui surgissent en octobre, il crut reconnaître l'odeur que Rébecca Asis avait répandue un soir dans son bureau.

Au retour, il avait rendu visite à la famille de M. Carmichaël. Eplorées, sa femme et sa fille aînée ne parlaient du prisonnier qu'avec des sanglots dans la voix. Pourtant, sans la sévérité du papa, les enfants étaient heureux et essayaient de faire boire de l'eau dans un verre au couple de lapins que leur avait envoyés la veuve Montiel. Brusquement, le père Angel avait interrompu la conversation et, dessinant un signe de la main, avait dit :

« Je sais : c'est de l'aconit. »

Mais non, ce n'était pas de l'aconit.

Personne ne parlait plus des affiches anonymes. Les récents événements les avaient réduites à l'état d'anecdotes pittoresques du passé. Le père Angel le constata durant sa promenade du soir puis, après le salut, en conversant dans son bureau avec un groupe de dames patronnesses.

Resté seul, il eut faim. Il mit à frire quelques tranches de bananes vertes et se prépara du café au lait qu'il accompagna d'un morceau de fromage. La satisfaction de son estomac lui fit oublier l'odeur mystérieuse. Tandis qu'il se déshabillait pour se coucher, et ensuite derrière les courtines du lit, chassant les moustiques qui avaient survécu à l'insecticide, il éructa à plusieurs reprises. Il avait la bouche acide mais l'esprit en paix.

Il dormit comme un saint. Il entendit, dans le silence du couvre-feu, les murmures émus, les accords préliminaires des cordes d'une guitare engourdie par le froid du petit matin et, pour finir, une chanson d'une autre époque. A cinq heures moins dix, il se rendit compte qu'il était vivant. Il se redressa en faisant un effort solennel, se frotta les paupières et pensa : « Vendredi, 21 octobre. » Puis il se souvint à haute voix : « Saint Hilarion. »

Il s'habilla sans se laver et sans prier. Après avoir vérifié que tous les boutons de sa soutane étaient en bon ordre, il enfila ses souliers crevassés et dont les semelles commençaient à se déclouer. Ses pauvres souliers de tous les jours. Les nards du couloir, quand il ouvrit sa porte, lui rappelèrent les paroles d'une chanson.

« Et dans ton rêve je resterai jusqu'à la mort », soupira-t-il.

Il sonnait le premier coup de cloche lorsque Mina poussa la porte de l'église. Elle se dirigea vers les fonts baptismaux et trouva le fromage intact sur les pièges tendus. Le père Angel acheva d'ouvrir la porte donnant sur la place.

« Pas de chance, dit Mina en agitant la boîte de carton vide. Aujourd'hui, aucune souris ne s'est laissé prendre. »

Mais le père Angel ne lui prêta pas attention. Un

jour brillant à l'air limpide se levait, comme pour annoncer que cette année encore, décembre, malgré les événements, serait ponctuel. Jamais le silence de Pastor ne lui avait paru plus significatif.

« Hier soir, ils ont donné une sérénade, dit-il.

– De coups de fusils, confirma Mina. Il n'y a pas longtemps que les tirs ont cessé. »

Le prêtre la regarda pour la première fois. D'une pâleur extrême, comme sa grand-mère aveugle, elle portait aussi la jupe bleue d'une congrégation laïque. Mais, à la différence de Trinidad, qui avait l'humeur masculine, la femme commençait à mûrir en elle.

« Où ça ?

– Partout, dit Mina. Ils cherchent des tracts clandestins et on dirait qu'ils sont devenus fous. Il paraît qu'ils ont trouvé des armes chez le coiffeur en soulevant par hasard les lames du plancher. La prison est pleine, mais on raconte que les hommes ont filé dans la forêt pour rejoindre la guérilla. »

Le père Angel soupira :

« Je ne m'en suis pas rendu compte.

– Et tout cela n'est rien, dit Mina. Car hier soir, malgré le couvre-feu et malgré les balles... »

Le père Angel s'arrêta. Il tourna vers elle ses yeux peu curieux, d'un bleu innocent. Mina elle aussi s'arrêta, sa boîte sous le bras, et esquissa un sourire nerveux avant d'achever sa phrase.

DU MÊME AUTEUR

IMPRIMÉ EN FRANCE PAR BRODARD ET TAUPIN
Usine de La Flèche (Sarthe).
LIBRAIRIE GÉNÉRALE FRANÇAISE - 6, rue Pierre-Sarrazin - 75006 Paris.
ISBN : 2 - 253 - 04503 - 9